AF215481

Maria Andrea

Einsteigen – Losfahren – Lesen

Kurzgeschichten
über Reisende für Reisende

Impressum:

Das vorliegende Buch einschließlich aller seiner Teile ist urheberrechtlich geschützt. Jede Verwendung ist ohne Zustimmung der Autorin und des Verlags unzulässig.

2017 Maria Andrea
Coverbild Andrea Schwarz

Herstellung und Verlag:
BoD-Books on Demand, Norderstedt
ISBN 978-3-7448-3643-2

Bibliografische Information der Deutschen Nationalbibliothek:
Die Deutsche Nationalbibliothek verzeichnet diese Publikation in der Deutschen Nationalbibliografie; detaillierte bibliografische Daten sind im Internet über http//dn.d-nb.de abrufbar.

Maria Andrea

Einsteigen – Losfahren – Lesen

Kurzgeschichten über Reisende für Reisende

Mein herzliches Dankeschön gilt Gerald und Patrick, die mit akribischer Genauigkeit das Manuskript zu diesem Buch gelesen, auf inhaltliche und Rechtschreibfehler geprüft und mit ihren erfrischenden Kommentaren bereichert haben!

Auch Dir, lieber Harry, sage ich von Herzen Danke, denn Du hast mir unwissentlich die wunderbare Idee für die Postkarten-Überraschungen geliefert! Ich hoffe, Du freust Dich über die Umsetzung!

Liebe Traudl, ein ganz besonderes Dankeschön für Deine vielen Reisegeschichten, die mich zu so mancher Kurzgeschichte in diesem Buch inspiriert haben!

Und natürlich bedanke ich mich bei allen Reisenden, die mir in ihrer unbeschreiblich eigenen Art den erheiternden Input für dieses Buch geliefert haben!

Übrigens:

Alle Geschichten in diesem Buch sind frei erfunden. Ähnlichkeiten mit lebenden oder toten Personen oder tatsächlichen Ereignissen sind rein zufällig und genauso entstanden.

Und jetzt: Viel Spaß beim Lesen!

Herzlich Willkommen an Bord unseres unterhaltsamen Reisezuges

Normalerweise traf ich jeden Morgen am Bahnhof die beiden gleichen Damen. Wir arbeiteten alle in der gleichen Stadt und vertrieben uns die Zugfahrten mit netten, belanglosen Plaudereien.

Heute früh allerdings wartete ich ohne die beiden auf meinen Zug. Ich hatte keine Ahnung, warum beide nicht da waren, war mir aber sicher, die Gründe über kurz oder lang zu erfahren. Gedankenverloren schaute ich gen Himmel als mich eine tiefe Frauenstimme unvermittelt ansprach: „Schick ist sie heute wieder! Sehr schick!"

Vor mir stand leibhaftig eine Statue von Frau! Ein kräftig gebautes weibliches Wesen, das zwei Meter groß zu sein schien! Zumindest kam es mir so vor.

„Hat aber auch eine kleine Größe, nicht?" Galt die Frage mir?

„Höchstens achtunddreißig. Oder?" Die Frage galt mir. Ich nickte. Obwohl ich das eigentlich nicht wollte.

„Ist immer sehr schick angezogen. Gefällt mir immer sehr gut." Wow, welch schöne Komplimente! Zumal mein Mann der Meinung war, dass ich immer viel zu konservativ angezogen wäre.

„Der Mann fährt mit dem Auto zur Arbeit, stimmt's? Sehe ich jeden Morgen vorbei fahren." Wie konnte diese Frau meinen Mann morgens wo vorbei fahren sehen? Fragezeichen standen mir ins Gesicht geschrieben.

„Gehe immer morgens früh bei meiner Mutter vorbei. Zum Frühstücken. Habe keinen Mann." Aaahh, meine Fragezeichen lösten sich auf: Das war also die Tochter der alten Frau, die drei Häuser von uns entfernt wohnte.

„Sie arbeitet sicher im Büro, nicht wahr? Oder auf einer Bank?" fragte sie weiter. Und wieso nickte ich schon wieder?

„Dachte ich mir. Verdient man gutes Geld. Braucht man aber auch für so schicke Kleider." Warum lächelte ich jetzt verständnisvoll?

Kam es mir nur so vor oder schaffte es die Frau perfekt mich auszufragen?! Einfach so.

Irgendetwas musste ich tun! Den Spieß herum drehen: Die Frau etwas fragen!

„Sie sind auch hübsch angezogen." Das war keine Frage …

„Na ja, geht so. Habe Größe zweiundfünfzig. Habe abgenommen. Hatte fast hundertsechzig Kilo. Jetzt noch hundertachtundvierzig."

Ich bekam eine Auskunft! „Sie sind aber auch sehr groß", attestierte ich freundlich.

„Oh ja! Einsfünfundneunzig!", strahlte die Frau gewichtig. Da lag ich mit meiner Fast-zwei-Meter-Schätzung gar nicht so falsch.

„Das ist groß. Sehr groß." Etwas Besseres fiel mir nicht ein? Wie gut, dass unser Zug einfuhr und sich aus Platzmangel unsere Wege spontan trennten. Ob ich die Frau morgen wieder treffen würde?

***

Ich wünsche Ihnen einen angenehmen Aufenthalt ...

Eilig huschte ich durch die sich langsam öffnenden Zugtüren und steuerte zielstrebig auf den vorletzten freien Platz eines Vierertisches zu, warf meine Handtasche auf den freien Fensterplatz und ließ mich mit einem tiefen Seufzer auf den Gangplatz nieder. Mein Tag war bis eben eine einzige Hetze und Rennerei gewesen:

Mein sieben Uhr dreiunddreißig Zug war ausgefallen.

Um pünktlich zu meinem ersten Termin zu kommen, musste ich mir für teuer Geld ein Taxi nehmen. Selbstverständlich steckten wir nach wenigen Metern im Berufsverkehr fest.
Ich kam über eine Viertelstunde zu spät zu meinem Termin.

Kassierte einen mächtigen Anschiss von meinem Chef, der von diesem Moment an kein gutes Wort mehr an mir und meiner Arbeit ließ und mich permanent unter Druck setzte, bis er kurz vor sechs schließlich fünf Minuten vor mir endlich das Büro verließ.

Woraufhin ich blitzschnell zum Zug rannte, um wenigstens pünktlich um acht Uhr heute Abend zur Geburtstagsfeier meiner besten Freundin zu erscheinen!

Ich war sommerlich mit einer weißen Leinenhose und einer pfirsichfarbenen Bluse bekleidet und freute mich auf ein erfrischendes Gläschen Sekt.

An der nächsten Haltestelle drängten weitere Fahrgäste ins Zuginnere und eine ältere Frau forderte mich kopfnickend auf, sie auf den von meiner Handtasche belegten Platz neben mir setzen zu lassen. Selbstverständlich nahm ich meine Handtasche hoch und rückte einfach den einen Sitzplatz weiter.

„Oh, nicht!" rief der junge Mann, der mir gegenüber saß, noch! „Nicht hinsetzen!" Zu spät. Ich saß bereits. Und spürte eine ekel erregende Nässe durch meinen Hosenboden dringen!

Mit weit aufgerissenen Augen sah ich ihn angewidert an: „Igitt! Was ist das denn?!"
Schon hatte ich mich wieder von diesem durchnässten Platz erhoben.

„Bier", entgegnete mir der junge Mann, „da hat vorhin einer eine ganze Dose Bier verschüttet."

Bier! Schoss es mir durch den Kopf und schon roch ich den markanten Duft. Bier! Abgesehen davon, dass ich jetzt roch als hätte ich in Bier gebadet, hatte meine weiße Hose natürlich einen herrlich gelben, Pobacken großen, unübersehbaren Fleck! Auf meinem Hintern! Und natürlich war mir der Spott sämtlicher Geburtstagsgäste an diesem Abend sicher …

***

... mit vielen interessanten Begegnungen

Die sympathische Stimme hinter meinem Rücken telefonierte. Mit ihrer Mutter. Sie schien noch relativ jung zu sein. Die sympathische Stimme. Ich schätzte sie vom sanften Klang her auf Anfang zwanzig.

„Es war sooo anstrengend heute, Mama. Ich bin total fertig", stöhnte die sympathische Stimme.
„Angefangen haben wir mit dem Laufband. Dreißig Minuten lang!"

Laufband? Bei den sonnig warmen Temperaturen? Immerhin hatten wir seit Tagen angenehme zweiundzwanzig bis vierundzwanzig Grad bei mäßiger Luftfeuchtigkeit. Da läuft es sich doch ganz fantastisch an der frischen Luft. Wieso also Laufband? Ah, wahrscheinlich war die sympathische Stimme Mitglied in einem Sportstudio.

„Natürlich war das anstrengend. Aber schlimmer fand ich die dreißig sit ups hinterher."

Dreißig sit ups?! Meine von sanften Wellen umgebene Bauchmuskulatur krampfte sich unwillkürlich spontan zusammen und ließ mich einen imaginären massiven Muskelkater erahnen, den ich zum Glück nicht wirklich bekommen konnte.

„Dann ging´s mit diesem Po-Stretching weiter."

Po-Stretching? Die Mama der freundlichen Stimme fragte sich das offensichtlich auch.

„Du weißt schon, dieses Band mit der Schleife am Ende, in das du deinen Fuß steckst und dann musst es rücklings in Richtung Po ziehen. Das Band."

Abgesehen davon, dass sich das in meinen Ohren sehr kompliziert anhörte, wollte ich mir gar nicht vorstellen, wie ich die Ferse meines durch ein Band geknebelten Fußes an meinen Hintern ziehen sollte. Automatisch zog ich meine Fußspitzen nach oben und blickte auf meine entspannt in bequemen Gesundheitsschuhen ruhenden rundlichen Füße.

„Danach kamen dann die Brustübungen. An diesem Butterfly, meine ich. Das Gerät, bei dem du deine Hände seitlich in diese Flügelklappen steckst und die du im Wechsel zusammen drückst und auseinander ziehst. Ganze fünfzig Mal musste ich das machen."

Meine drallen Oberarme schienen unverzüglich auf das Doppelte anzuschwellen! Erschrocken richtete ich mich kerzengerade auf, so dass meine Oberweite beinahe meine Genusskugel überragt hätte. Aber eben nur beinahe.

„Nein, nein, das war noch nicht alles". Die sympathische Stimme lachte kurz auf: „Zum Abschluss durfte ich noch für gute zwanzig Minuten steppen."

S-T-E-P-P-E-N! Ganze zwanzig Minuten lang? Ich spürte massive Wadenkrämpfe!
Ganz sicher nahm diese sympathische Stimme an einem Fitness-Programm für Übergewichtige teil. So ein Gewicht reduzierendes und Muskel aufbauendes Training, über das ich mir bei meinen gut achtundneunzig Kilos selbst schon Gedanken gemacht hatte. Achtundneunzig Kilos klingen sehr gewichtig, ich weiß. Aber ich bin mit meinen immerhin einsachtzig auch nicht gerade die Kleinste. Dennoch bestand mein Körper optisch gesehen aus … wie soll ich sagen … aus mehr füllig weichen Rundungen – Fett oder Speck klingt nicht so schön, finde ich – denn aus Muskelmasse. Aber sich solchen Qualen aus-

setzen?! Nur um ein bisschen schlanker zu werden?!

„Und ob ich Hunger habe! Einen riesen Hunger habe ich!"
Und wie ich diese sympathische Stimme verstehen konnte! Riesen Hunger! Den hatte ich bereits ohne dieses sportliche Martyrium!

„Ja, bitte mache ganz, ganz viele Bratkartoffeln! Auf die freue ich mich schon den ganzen Tag!"

Bratkartoffeln?! Fettige Kohlenhydrate? Nach so viel Sport? Machte das Sinn? Na ja, vielleicht war es eine speziell auf die sympathische Stimme zugeschnittene Diät. Konnte durchaus sein.

„Bis gleich, Mama. Tschüss!"

Die sympathische Stimme erhob sich von ihrem Platz. Sie schien ihr Ausstiegsziel erreicht zu haben. Ich wartete gespannt, ob sie wohl an mir vorbei gehen würde. Diese sympathische Stimme, die mir bestimmt sehr ähnlich sah. Was ihre Körperfülle anging. Ohne Not würde schließlich keiner ein so hartes, sportliches Abnehmprogramm auf sich nehmen. Davon war ich überzeugt!

Sie tat mir den Gefallen und lief, nein, besser gesagt schritt an mir vorbei, diese sympathische Stimme. Und ja, sie hatte in der Tat Ähnlichkeit mit mir. Zumindest was ihre Körpergröße betraf. Ich schätzte sie zwischen eins fünfundachtzig und eins neunzig. Das war allerdings unsere einzige Gemeinsamkeit. Die restlichen Maße dieser sympathischen Stimme erweckten in mir sofort den Verdacht, dass sie ganz sicher für einen Modelwettbewerb trainierte so gertenschlank war sie! Kein Wunder, dass sie ohne Reue eine Pfanne Bratkartoffeln essen konnte …

***

Unsere Lesereise hat bereits begonnen ...

Sie hatte die schönsten blauen Augen, die ich je gesehen hatte! Ihre Augen strahlten mit dem sanft wogenden, kristallklaren Meer um die Wette und zogen jeden, den sie mit ihrem Blick beglückte, mit ihrem koketten Augenaufschlag sofort in ihren Bann! Ihre blonden Locken ließen sie einem Engel gleich aussehen und wenn sie lachte formten sich kleine Grübchen bezaubernd um ihren Mund. Und sie lachte so gerne!

Jeden Mittwochmorgen freuten wir Berufspendler uns auf Haltestelle neun, an der die Kleine gemeinsam mit ihrer nicht weniger bezaubernden Mama einstieg. Meist sangen die Beiden beim Einsteigen fröhlich Kinderlieder und ihre kindliche Unbeschwertheit legte sich wie ein wärmender Mantel um unsere vom Berufsalltag gefrosteten Herzen. Ihre Leichtigkeit und Unbefangenheit zu hören und zu beobachten war Balsam für unsere vom Ernst des Lebens beschwerten Seelen.

Sie war höchstens drei oder vier Jahre alt. Wusste noch nichts von Schicksalsschlägen, Ängsten und Verlusten. Lebte im Hier und Jetzt. Mit ihrem kindlichen Zauber ließ sie ihrer Lebensfreude ungezügelt freien Lauf. Was gäbe ich darum noch einmal Kind zu sein!

***

...und wir werden unser Ziel über Kurz oder Lang erreichen

„Sie sehen blass aus. Ist alles in Ordnung?" fürsorglich fragend blickte die ältere Dame der jungen Frau, die sich neben sie setzte in die Augen.

„Es geht so. Ich fühle mich, als hätte ich einen Marathon-Lauf hinter mir. Ist aber auch kein Wunder bei dem, was mir heute passiert ist", stöhnte die Junge schwarzhaarige.

„So? Was ist denn passiert?" die Neugierde der Älteren grauhaarigen war nicht zu überhören.

„Der Tag fing ganz harmlos an. Ich war pünktlich im Büro und konnte sogar ausnahmsweise in Ruhe meine täglichen Arbeiten erledigen, weil das Telefon überraschend still war. Für halb zwölf hatte sich unser Aufsichtsratsvorsitzender angekündigt und unser Chef fieberte ihm entgegen", erzählte die Schwarzhaarige.

„Das Verhalten kenne ich bestens!" kicherte die Grauhaarige, „Wenn sich bei meinem Chef hoher Besuch angemeldet hatte, konnte der tagelang vorher nicht schlafen, hatte übelste Laune und rannte vor Aufregung ständig aufs Klo!"

„Wie meiner!" lachte die Schwarzhaarige, „Man könnte meinen, er scheißt sich sprichwörtlich in die Hosen! Dabei ist unser Aufsichtsratsvorsitzender einer der liebsten Menschen, die ich kenne. Der ist nicht nur an dem Erfolg der Firma, sondern an jedem einzelnen Mitarbeiter interessiert. Hat immer ein offenes Ohr für uns und vergisst nichts von dem, was wir ihm sagen". Sie atmete hörbar tief durch und fuhr dann fort: „Unser Chef bat mich kurz vor zehn Uhr zwei Butterbrezeln beim benachbarten Bäcker für den Vorstandsvorsitzenden und ihn selbst zu besorgen. Ich gleich los und ab in den Aufzug. Wir sitzen im achten Stock, da laufe ich nicht unbedingt die zweihundertsiebzig Stufen, wenn ich nicht muss".

„Kann ich verstehen", die Grauhaarige nickte zustimmend.

„Der Aufzug ist nicht gerade groß, so einen auf einen Meter in etwa und komplett verspiegelt. Kaum war er los gefahren, blieb er auch schon stecken! Nichts ging mehr! Egal welchen Knopf ich drückte, es leuchtete nicht einmal mehr das Aktivierungslämpchen!" Die

Stimme der Schwarzhaarigen wurde mit jedem Wort aufgeregter!

„Mir blieb die Luft weg! Sie müssen wissen, dass ich unter einer ausgeprägten Platzangst leide! In einem so engen Raum eingeschlossen zu sein! Alleine! Das ist die Hölle für mich!" Die Stimme der Schwarzhaarigen war kurz davor sich zu überschlagen!

„Ich also panisch den Notrufknopf gedrückt und zum Glück meldete sich auch gleich eine nette Dame, der ich hysterisch schilderte, wer und wo ich war und dass ich ganz schnell Hilfe bräuchte, weil ich ansonsten sicher gleich kollabieren würde!" Die Stimme kollabierte bereits!

„Die nette Dame hat versucht mich zu beruhigen und versprochen, sich gleich wieder bei mir zu melden, wenn sie einen Monteur verständigt hätte, der mich befreien kommen sollte. Ich hatte das Gefühl, sie brauchte Stunden, um einen Monteur zu erreichen! Meine Hände krampften sich bereits zu starren Fäusten, mein Mund und Hals waren völlig ausgetrocknet und die Luft in meiner Brust wurde immer knapper … ich hatte Angst! Panische Angst!" Und unser Zugabteil hörte jetzt gespannt mit, denn an Lautstärke war die

Schwarzhaarige in ihrer gefühlten Panikattacke nicht mehr zu überbieten.

„Die nette Notruf-Dame hielt Wort und meldete sich wieder. Sie erklärte mir, dass ein Monteur zu mir unterwegs sei und ich mir keine Sorgen machen müsste! Sie hatte gut reden... Sie sagte mir auch, dass sie nicht ständig mit mir reden konnte, denn sie war schließlich die Notrufstelle. Ich bat sie deshalb bei meinen Kollegen anzurufen, damit einer zu mir käme und bei mir bliebe, bis ich befreit werden konnte".

„Gute Idee", unterbrach die Grauhaarige den wortgewaltigen Redefluss der aufgeregten jungen Frau.

„Aber meinen Sie, die nette Dame hätte jemanden erreicht?! Alle waren sie am Telefonieren, alle! Ich bin schier verzweifelt!", und die Verzweiflung war nicht zu überhören!

„Plötzlich hörte ich Schritte! Und hämmerte wie wild an die Aufzugtüren! Die Schritte hörten mich! Der Mann war Mitarbeiter bei einer anderen Firma in unserem Hause und ich bat ihn, bei unserer Firma zu klingeln und mir einen Kollegen zu schicken. Ich konnte im geschlossenen Aufzug hören, dass er mehrfach klingelte, an unsere Firmentür hämmerte und ‚Hallo, halloooo, haallooo!' rief, bis nach einer gefühlten Ewigkeit einer meiner lieben Kollegen endlich die Tür aufmachte und dann auch gleich zu mir gerannt kam". Die Schwarzhaarige schnaubte schwer.

„Der Kollege war völlig fassungslos, schilderte er mir doch, dass unser Chef, der keine zehn Meter von der Eingangstür entfernt saß und nicht einmal telefonierte, es absolut nicht für nötig empfunden hatte, mal nachzusehen, wer da Sturm klingelte und klopfte! Er hätte sich nur verwundert gezeigt, dass ich nicht zur Tür gegangen wäre! Dabei hatte ER mich doch die Brezeln holen geschickt! Haben Sie da noch Worte?!"

Die Grauhaarige schüttelte verneinend ihren Kopf.

„Dank der Unterhaltung mit meinem Kollegen wurde ich von meiner Panik ein kleines bisschen abgelenkt. Und dann kam auch endlich der Monteur! Nach über einer Stunde konnte ich mein Spiegelgefängnis verlassen. Ich musste mich erst einmal auf die Treppenstufen im Flur setzen und meinen Tränen ungehemmt freien Lauf lassen!" Schon blitzten erneut kleine Wassertropfen in ihren Augen auf, die sie mit einem zerknüllten Taschentuch sorgfältig weg wischte.

„Meine ganze Anspannung, meine Angst! Die mussten erst einmal aus mir heraus fließen!", stöhnte sie, während die Grauhaarige verständnisvoll mit ihrem Kopf nickte.

„Und schon bogen auch meine beiden anderen Kollegen ums Treppengeländer und der eine bot sich an, die Brezeln zu holen, denn es war unübersehbar, dass ich dazu in meiner restlos geschwächten Verfassung nicht mehr fähig war. Ich habe mich aber für meine Verhältnisse recht schnell wieder in den Griff bekommen und bin dann mit den beiden anderen Kollegen die Stufen bis zu unserem Firmeneingang gelaufen. Was waren meine Beine schwer! Sie fühlen sich jetzt noch wie Bleisäcke an!"

„Das denke ich mir", attestierte die Grauhaarige.

„Und was glauben Sie, hat unser Chef gesagt, als ich erschöpft und von meiner Panik gezeichnet im Büro ankam?!" Jetzt machte sie es aber spannend, die Schwarzhaarige.

„Ja, was denn?", fragte die Grauhaarige erwartungsschwanger.

„Da bist du ja endlich! Hast du Brezeln noch besorgen können?! Ich muss nämlich jetzt noch schnell ein wichtiges Telefonat führen und der Vorstandsvorsitzende ist sicher auch gleich da!" Kunstvoll machte die Schwarzhaarige eine Redepause.

„Das waren seine Worte. Ist doch toll, wenn dem Chef die Brezeln wichtiger sind als das Wohlergehen seiner Mitarbeiter, oder?!"

*****

Überraschungs-Grußideen für Reisende

Wie lange haben Sie von lieben Menschen schon nichts mehr gehört, geschweige denn gelesen?

Erinnern Sie sich noch an die Zeiten, als es Mode war, aus jedem Urlaub Postkarten an seine Lieben zu schicken? Anfangs waren diese Ansichtskarten fast zu klein – so viel hatte man schreibend zu erzählen! Und mit der Zeit mutierten die Urlaubstexte zu Standards wie „Hallo, Wetter ist gut, Strand/Berge schön, haben viel Spaß! Grüße und bis bald". Schade, finden Sie nicht auch?!

Was halten Sie davon, wenn wir gemeinsam dieses einst so sehr geliebte Kommunikationsmedium aus seinem „Dornröschenschlaf" erwecken? Wie? Das zeige ich Ihnen gerne!

*****

Bitte beachten Sie folgende Hinweise:

Seit ich Zug fahre, bin ich Meister in Handyspielen! Ich war schon alles:

Flugzeugpilot, der seine Maschine erfolgreich durch die dichtesten Wälder, über die höchsten Berge, tiefsten Täler und engsten Schluchten gesteuert hat;

Rennfahrer, der die kurvenreichsten Strecken dieser Welt in rasender Geschwindigkeit passierte;

unschlagbarer Hürdenläufer;
Monsterjäger;
unbesiegbarer Motocrossfahrer;

Glücksritter und vieles mehr.

Und alles nur, weil ich den mitreisenden Schülern über die Schulter schauen kann.

Cool, nicht?!
Wobei eines fällt mir jetzt erst auf: Zugführer war ich nie. Zumindest nicht in einem Handyspiel.

***

Unser Zug fährt mit individueller Lesegeschwindigkeit

Ein schwergewichtiger Herr mittleren Alters war der einzige Fahrgast heute. Mich ausgenommen. Als Schichtarbeiter war ich es gewohnt, nachts allein mit dem Zug nach Hause zu fahren. Besser gesagt, alleine im Zug nach Hause zu fahren. Als einziger Fahrgast, sozusagen.

Der mächtige Herr allerdings sah nicht wie ein Schichtarbeiter aus. Viel zu gut gekleidet war der. Schnieker hellgrauer Anzug, mintfarbenes Hemd, schwarze Lackschuhe. Auf eine Krawatte hatte er verzichtet. Vielleicht hatte er auch eine getragen und hatte sie nur schon ausgezogen und in seiner braunen Ledertasche verstaut? Jedenfalls hatte er die beiden oberen Hemdknöpfe geöffnet. Verständlich bei den tropischen Temperaturen. Eine Klimaanlage hatte unser Zug leider nicht. Aber die Fenster, die konnten wir kippen. Wenigstens etwas. Tat das laue Lüftchen, das zart ins Zuginnere drang, gut!

Er saß zwei Sitzplätze von mir entfernt und ich wurde mehr oder minder genötigt, seinem Handygespräch zu zuhören. Okay, dass ich genötigt wurde, stimmt nicht ganz. Eigentlich freute ich mich über das bisschen Abwechslung beim Fahren. Auch wenn ich nur zuhören durfte.

„Ja, ja, Kopfrechnen ist heutzutage nicht jedermanns Sache!", lachte der Klotz. „Bevor ich ins Theater ging, musste ich dringend etwas essen. Seit dem Frühstück hatte ich nichts mehr zwischen die Kiemen bekommen."

Konnte ich mir in Anbetracht der da sitzenden Masse gar nicht vorstellen …

„Ich also in den Nobelitaliener neben dem Theater marschiert und siehe da, ein einziger Tisch war noch frei."

Da hatte er aber Glück gehabt. Nicht auszudenken, was passiert wäre, wenn er nichts zu Futtern bekommen hätte. Warum nur musste ich unwillkürlich vor mich hin kichern?!

„Kaum hatte ich bestellt, kommt ein älteres Ehepaar zur Tür rein. Waren ziemlich aufgetakelt. Und sahen aus, als wollten sie auch ins Theater."

Was die Masse an Mann wohl unter ‚aufgeta-kelt' verstand?

„Hätten keinen Platz gekriegt, wenn ich nicht angeboten hätte, dass sie sich gerne an mei-nen Tisch mit dazu setzen konnten."

Das war aber sehr nett von dem Klobigen!

„Haben sich sehr gefreut, die beiden Herr-schaften! Haben uns nett unterhalten. War ein kurzweiliges Essen. Hat richtig Spaß ge-macht."

Das merkte man. Dass er seinen Spaß ge-habt hatte. Ob das Essen genauso gut wie die Unterhaltung gewesen war?

„Ja, ja, das Essen war fantastisch! Ich habe mir ein Dreigang-Menü gegönnt, mit dem passenden Wein, versteht sich."

Klar verstand ich das! Mein Magen knurrte. Ganz plötzlich. So ein Dreigang-Menü … das hätte jetzt was. Auch wenn es schon fast Mit-ternacht war.

„Die haben ebenfalls zugeschlagen! Lecker Wein, Vor- und Hauptspeise. Nur auf den Nachtisch, auf den haben die verzichtet. Hatten nicht so viel Platz im Bauch wie ich!" lachte der massige Klotz.

„Aber jetzt kommt der Hammer", erzählte er weiter, „wir rufen den Kellner zum Bezahlen. Wollten ja noch ins Theater."

Aha, die älteren Herrschaften wollten also tatsächlich auch ins Theater. War doch in der Tat ein netter Zufall.

„Der kommt prompt an unseren Tisch. Sah übrigens toll aus, der Bursche! Braungebrannter, strahlender Teint, blankweiße Zähne, leuchteten mit seinem weißen Hemd um die Wette! Schwarzer, feiner Anzug und die Schuhe auf Hochglanz poliert!"

Den hatte er sich aber mal ganz genau angesehen! Den Kellner. Ob das einen Grund hatte?

„Und dann sagt er doch, er könne unseren Tisch nur komplett abrechnen!"

Wie? Den Tisch komplett abrechnen? Alles auf eine Rechnung oder wie?

„Ganz genau. Er meinte, einer von uns solle alles, was wir gegessen hatten, bezahlen und danach sollten wir untereinander abrechnen!"

Wie bitte? Das glaubte ich jetzt nicht!

„Wenn ich es doch sage! Der Kerl verlangte wirklich von uns, dass einer alles bezahlen sollte! Ich habe ihn nach einem verständnislosen Moment gefragt, ob das sein Ernst sei?!"

Und??

„Es war sein Ernst. Die Kasse, mit der er arbeitete, könnte nur ganze Tische abrechnen".

Ein Nobelitaliener! Mit einer Kasse, die nur ganze Tische abrechnen konnte?! Das war doch ein Witz. Ganz sicher war irgendwo eine Kamera versteckt und irgendwer erlaubte sich gerade einen Scherz mit den Dreien, oder?

„Von wegen Scherz!"

Konnte der Kerl etwa meine Gedanken lesen?

„Ich bin vollkommen ruhig geblieben. Im Gegensatz zu meinen Mitessern! Die waren schon nahe dran, den Geschäftsführer rufen zu lassen, als ich den Schnösel fragte, worin das Problem bestünde, die komplette Tischrechnung auszudrucken und dann meine Speisen und Getränke zusammen zu addieren, mich abzukassieren und den Betrag von der Gesamtrechnung abzuziehen, damit das Ehepaar seine Rechnung bezahlten konnte? Was glaubst du, was der mir geantwortet hat?"

Auf die Antwort war auch ich gespannt!

„Da müsse er ja Kopfrechnen! Hat er gesagt! Kopfrechnen! Das wäre zu schwer für ihn! Hast du da noch Worte?!"

Ich hatte keine mehr.

***

Reiseunterbrechungen sind jederzeit möglich, ...

Ich hatte heute Morgen meinen Wecker überhört. Mehrfach. Oder hatte ich ihn vielmehr ignoriert? Egal. Auf alle Fälle hatte ich somit meinen Frühzug verpasst. Aber das machte überhaupt nichts, denn erstens hatte ich flexible Arbeitszeiten und zweitens war ich überzeugt, den nächsten Zug zu erreichen. Und der ging zwanzig Minuten später, was bedeutete, dass ich trotz Verschlafens noch vor neun Uhr im Büro sein würde.

Nach kurzer Morgentoilette und einem flotten Kaffee war ich zwei Minuten vor Zugankunft am Bahnhof. Wenn das kein Timing war! Im Gegensatz zu meinem Frühzug, der grundsätzlich prall voll war, standen jetzt eine Handvoll Pendler gemeinsam mit mir wartend da. Und schon fuhr der Zug ein. Zwei Stationen später musste ich wieder aussteigen, denn dieser Zug fuhr nur bedingt in meine Arbeitsrichtung. Umsteigen war angesagt.

Einerseits war das Umsteigen absolut entspannt, denn ich hatte über zehn Minuten Zeit, um vom einen zum andern Gleis zu laufen. Da beide Gleise durch ein und denselben

Wartebereich miteinander verbunden waren, bestand mein „Laufen" mehr oder weniger aus zehn Schritten. Und für diese zehn Schritte benötigte ich definitiv nur wenige Sekunden. Somit war das Umsteigen andererseits dann doch etwas nervig, weil ich eben etliche Minuten lang auf meinen Anschlusszug warten musste.

Wie gut, dass wir im digitalen Zeitalter lebten! Wie die meisten meiner Mitpendler vertrieb ich mir die Zeit mit meinem Handy. Verschickte Guten-Morgen-Nachrichten und freute mich über jede Antwort. Diese Art der Kommunikation machte mir jede Menge Spaß und manchmal war ich so in meine Chatwelt vertieft, dass ich alles um mich herum ausblendete. Ich war auch heute schon wieder kurz davor in meiner virtuellen Konversation zu versinken, als mich die Lautsprecherdurchsage einer freundlichen Damenstimme mit den Worten „Beachten Sie bitte folgende Durchsage: Zug Nummer einhundertelf, Abfahrt acht Uhr vierzehn, fällt heute aus. Ich wiederhole nochmals: Zug Nummer einhundertelf, Abfahrt acht Uhr vierzehn, fällt heute aus" aus meinen Gedanken riss.

Was hatte die Dame gerade gesagt? Der Zug fällt aus?! Mein Zug?!

Ungläubig blickte ich auf die elektronisch ge-
steuerte Anzeigetafel an meinem Gleis und da
stand es doch tatsächlich schwarz auf weiß:
„Zug acht Uhr vierzehn fällt heute aus". Nein,
oder? Das war nicht wahr?! Der Zug konnte
doch nicht ausfallen! Einfach so! Ich schüttelte
noch immer ungläubig den Kopf, als die Lautsprecherdurchsage erneut vernehmen ließ:
„Beachten Sie bitte folgende Durchsage: Zug
Nummer einhundertelf, Abfahrt acht Uhr vierzehn, fällt heute aus. Ich wiederhole nochmals: Zug Nummer einhundertelf, Abfahrt acht
Uhr vierzehn, fällt heute aus. Wir bitten um
Entschuldigung".

„Wir bitten um Entschuldigung"?! Ha, was gab
es da zu entschuldigen?! Das war eine
Frechheit! Eine bodenlose Frechheit uns alle
hier einfach so stehen zu lassen!

„Bitten um Entschuldigung. Als ob das etwas
nützt! So ein Mist, jetzt ist mein ganzer Ta-
gesplan im Eimer!", fluchte ich laut. Und ich
war nicht alleine. Keiner meiner Mitpendler
ließ in diesem Moment auch nur den Hauch
eines freundlichen Wortes verlauten …

Als erstes versuchte ich meinen Chef zu erreichen, um ihn zu informieren, dass ich heute

erst nach neun Uhr im Büro sein würde. Natürlich erreichte ich ihn nicht. Er war wie jeden Morgen um diese Zeit beim Bäcker, um sich Frühstück zu holen. Aber er würde sehen, dass ich versucht hatte, ihn anzurufen. Und vielleicht würde er sogar zurück rufen.

Meine Kollegin erreichte ich ebenfalls nicht. Genauso wenig einen meiner Kollegen. Wo waren die nur alle heute Morgen?! Außer mir kam keiner mit dem Zug. Ob die Autobahnen wieder einmal verstopft waren? Hätte mich nicht gewundert.

Ein erneuter Blick zur elektronischen Anzeigetafel zeigt unverändert den Zugausfall an. Wenn der Tag schon so anfing, wie würde es erst heute Abend werden? Mit meiner Heimfahrt? Sicher würden sich diese Ausfälle durch den ganzen Tag ziehen. Und womöglich sogar noch ausweiten?! Wie gut, dass heute Freitag war und ich heute Abend nichts vorhatte.

Während ich so meinen Gedanken nachhing, sah ich aus der Ferne zwei Lichter langsam auf mich zurollen. Es war acht Uhr vierzehn. Und mein Zug kam. Ganz gemütlich fuhr er ein. Ich staunte nicht schlecht: Wollte uns Pendler hier und heute jemand an der Nase herum führen? Oder war es womöglich gar nicht mein Zug, sondern ein anderer, der eben nicht zu meinem Arbeitsort fuhr? Nein, es war definitiv mein Zug! Mein Arbeitsort stand in großen Buchstaben als Zielbahnhof auf den Zugdisplays! Völlig irritiert und hoch erfreut zugleich stieg ich ein. Und natürlich rief mich just in diesem Moment mein Chef zurück.

***

... sollten des vereinfachten Wieder-einstiegs wegen ...

Gedankenverloren fläzte ich mich in den Fahrsessel. Was der Tag heute wohl noch so an Überraschungen für mich bereit hielt? Ich durfte gespannt sein! Eines jedenfalls war ganz sicher: Ich sollte heute meine fünf Sinne beisammen halten. Mich konzentrieren. Auf das, was ich gerade tat. Und nicht wie sonst routinemäßig meine Arbeiten erledigen und meine Gedanken dabei schweifen lassen. Das könnte nämlich gewaltig in die Hose gehen. Nach dem Start heute früh ...

Ich war wie jeden Arbeitstag um kurz nach fünf Uhr morgens aufgestanden und hatte für meinen Mann und mich den Frühstückstisch reichlich gedeckt: Von Obst, Marmelade, Honig, Butter, Käse und Wurstaufschnitt bis hin zu frisch abgekochten Eiern mangelte es an nichts. Mit Liebe bereitete ich meinem Mann einen heißen Cappuccino – ich selbst bevorzugte einen großen Milchkaffee – und schmierte ihm eine Laugenstange mit selbst gekochter Brombeermarmelade. Das Radio lief in moderater Lautstärke und störte unser allmorgendliches verliebtes Geplänkel nicht. Unser gemeinsamer Start in den Tag war uns wichtig, denn schließlich sahen wir uns erst wieder am späten Abend.

Nachdem wir ausgiebig gespeist und geklönt hatten, räumte ich den Frühstückstisch ab, richtete das zweite Frühstück für meinen Mann zum Mitnehmen und packte meine Handtasche für den Tag, während mein Mann online, also mittels unseres Tablets, noch einen kurzen Blick auf die aktuellen Nachrichten, Wetter- und Verkehrslage warf.

Nachdenklich hob er den Kopf und sah mich an: „Telefonieren wird heute schwierig, mein Schatz."

„Wieso?", fragte ich, „Hast du viele Termine?"

„Nein. An den Terminen liegt es nicht."

„Wie? Woran liegt es dann? Wieso wird telefonieren heute schwierig?" Ich war verwirrt.

„Was hast du denn soeben in deine Handtasche gesteckt?" Seine Augen blitzen mich spitzbübisch an.

„Einen Apfel, eine Kiwi und ein Käsebrot", antwortete ich wahrheitsgemäß.

„Und was noch?"

Was war das denn für eine merkwürdige Frage? Was noch? Jetzt war ich endgültig durcheinander und fand mich für den Bruchteil einer Sekunde auf der ersten Sprosse einer „Was sind das für nervige Fragen heute Morgen"-Leiter! Zum Glück dauert der Bruchteil einer Sekunde bekanntlich nicht wirklich lange.

„Mehr Essen habe ich nicht eingepackt", stellte ich zusammenfassend fest.

„Sicher?"

Was sollte nun diese Frage?! Sicher? Natürlich war ich sicher. Schließlich hatte ich es doch eben noch in Händen gehalten. Mein Essen. Und nun lag es in meiner Handtasche. Ich wollte gerade die erste und zweite Sprosse der „Was sind das für nervige Fragen heute Morgen"-Leiter mit meiner Antwort überspringen, als mein Mann nochmals nachhakte: „Schatz, womit telefonierst du mit mir?"

Fangfrage! Ganz sicher war das eine Fangfrage! Gelassen antwortete ich: „Mit dem Handy. Womit denn sonst?" Und war stolz auf meine Gegenfrage!

„Und wo hast du soeben dein Handy hin gelegt?"

Diese Frage lies mich nun doch für einen Augenblick inne halten. Sie stimmte mich sogar nachdenklich. Diese Frage. Ich überlegte. Lies mein Frühstückstischabräumen nochmals bildlich vor meinem geistigen Auge ablaufen und bewegte mich parallel in Richtung meiner Handtasche. Sollte ich etwa …? Nein, das hatte ich doch nicht wirklich gemacht! Oder etwa doch?! War ich so in Gedanken gewesen?! Unmöglich! Von wegen!

Aus meiner Handtasche lachte mich eine prall gefüllte und nicht gerade kleine Butterdose an, während mein Handy sich im Kühlschrank Frostbeulen holte!

***

...immer erst am Ende einer Geschichte eingelegt werden

„Geht es Ihnen nicht gut?"

Zwei Männer mittleren Alters nahmen an dem Vierertisch Platz. Beide trugen dunkle Anzüge, stilvolle Krawatten, polierte Schuhe und hochwertige Ledertaschen unter ihren Armen. Der eine war sommerlich braungebrannt, sah erholt und entspannt aus, der andere wirkte blass und abgeschafft.

„Doch. Doch. Gut geht es mir schon. Meine Arbeit macht mir unverändert viel Freude", antwortete der Blasse.

„Aber?" fragte der Entspannte weiter.

„Wie gesagt: Die Arbeit ist völlig in Ordnung. Aber mein Chef! Der ist eine einzige Katastrophe!" platzte es aus dem Blassen heraus.

„Eine Katastrophe? Wie meinen Sie das?" Die Neugierde des Entspannten war geweckt.

„Wie Sie wissen, hatte ich zu meinem alten Chef ein ausgesprochen gutes Verhältnis. Mein alter Chef war eine absolute Führungspersönlichkeit! Ein Vorbild für uns alle – sowohl was sein Verhalten uns und Kunden gegenüber anging wie seine Arbeitsmoral. Nichts war ihm zu viel, um unser Unternehmen nach vorne zu bringen, uns einen Namen zu machen. Einen guten Namen selbstverständlich. Uns Mitarbeitern gab er das Gefühl rund um die Uhr für uns, unsere Firma und unsere Kunden da zu sein. Wir hatten ein echtes Miteinander. Waren ein Team. Wissen Sie, wie ich das meine?" Die Augen des Blassen strahlten bei jedem Satz sichtlich mehr! Er schwelgte förmlich in der Erinnerung an seinen ehemaligen Vorgesetzten.

„Ja, das kann ich gut nachvollziehen. Wir haben zum Glück auch noch einen Chef dieser guten alten Schule und müssen uns nicht mit egomanen Egozentrikern die Lust an unserer Arbeit nehmen lassen!" nickte der Entspannte.

„Dass er mit gerade mal achtundfünfzig Jahren an einem Herzinfarkt sterben musste, hat uns allen das Herz gebrochen. Wenn ich nur an die Trauerfeier denke ..." Schon versanken die strahlenden Augen des Blassen in einer anrollenden Tränenwelle.

Einen Moment lang schwiegen sich die beiden Männer an. Dann sprudelte der Blasse weiter: „Der Neue ist zwar genauso alt wie unser Verstorbener, aber das ist auch die einzige Gemeinsamkeit, die beide haben. Als Führungskraft ist der Neue ein einziges menschliches Desaster. Und von einer Führungspersönlichkeit ist der meilenweit entfernt!"

„Oh je, das hört sich sehr dramatisch an!" Gespannt wartete der Entspannte auf die Fortsetzung.

„Ich schildere Ihnen am besten einmal den Tagesablauf dieses Herrn, dann können Sie sich Ihr eigenes Bild von ihm machen", kunstvoll legte der Blasse eine kurze Pause ein, um dann mit einem wortgewaltigen Redeschwall aufzublühen:

„Er ist morgens der Erste. Kommt so gegen halb acht, schaltet die Kaffeemaschine ein und zieht sich den ersten Kaffee. Dann fährt er seinen Computer hoch, räumt aus seiner Aktentasche alle privaten Papiere raus und erledigt erst einmal in aller Gemütsruhe seine kompletten privaten Aktivitäten. Wehe, einer von uns kommt vor halb neun! Das sieht er als pure Provokation an! Fühlt sich in der Erledigung seiner privaten Aktivitäten aufs Intimste gestört! Und begrüßt uns, wenn überhaupt, nur mit den Worten ‚Was machen Sie denn schon hier?' Ein ‚Guten Morgen' wie es jeder normale Chef sagt, kriegen wir allerhöchstens dann zu hören, wenn der Herr mal gute Laune hat, also im Grunde an maximal einem von zweihundertzwanzig Arbeitstagen. Wenn er seinen Privatpapierkrieg beendet hat, folgen diverse Telefonate. Natürlich ebenfalls privater Natur. Um Punkt Zwölf hat er Hunger. Geht eine gute Stunde lang Mittagessen, bevor er nochmals kurz an seinen Arbeitsplatz entschwindet, seine Emails checkt, um dann für gute zwei Stunden seine privaten Einkäufe und Erledigungen außer Haus zu machen. Von diesen kehrt er zur nachmittäglichen Kaffeezeit zurück, holt sich auch gleich einen solchen an unserem Kaffeeautomaten und verspeist in aller Ruhe sein frisch gekauftes Stück Kuchen. Gestärkt widmet er sich final seinem Computer und verlässt Punkt sechzehn Uhr dreißig unsere Firma. Und das jeden Tag. Bis auf Freitag. Da geht er bereits um halb vier", schnaubte der Blasse empört.

„Und wann macht er etwas für die Firma?" fragte der Entspannte kopfschüttelnd.
„Tja, das fragen wir uns auch alle!" antwortete der Blasse.

***

Sollte Sie unsere Lesereise extrem entspannen, ...

„Wir Menschen sind doch absolute Gewohnheitstiere", der junge Mann hielt sich mit einer Hand an meiner Kopflehne und mit der anderen seine Sporttasche fest.

„Wie meinst du das?" fragte ihn seine attraktive, weibliche Begleitung.

„Nun, gestern fielen die beiden letzten Schulstunden aus und ich hatte das große Glück gleich einen passenden Zug zu erwischen."

„Klingt nach einem entspannten Nachmittag", lächelte die junge Frau verführerisch.

„Das dachte ich zu diesem Zeitpunkt auch!" lachte ihr Gegenüber, „Der Zug fuhr pünktlich ab und hielt zum gewohnten Umsteigen in ‚Nord' an. Auf Gleis eins. Wie immer."

„Aha", die Hübsche wartete interessiert auf die Fortsetzung.

„Kurz vor meiner Ankunft in ‚Nord' habe ich über meine Handy-App nachgeschaut, ob mein Anschlusszug ebenfalls pünktlich wäre."

„War er´s?"

„Oh, ja! Laut Handy-App sollte er pünktlich drei Minuten später auf Gleis eins einfahren. Mir blieben also ganze drei Minuten zum Umsteigen."

„Das ist nicht viel Zeit", ein gekonnter Augenaufschlag veranlasste den jungen Mann zum Weitererzählen: „Das dachte ich auch. Ich also los, die fünfundzwanzig Treppenstufen runter in die Unterführung und auf der anderen Seite wieder fünfundzwanzig Treppenstufen hoch, tief durchgeatmet und voller Vorfreude festgestellt, dass ich sogar noch eine ganze Minute Zeit übrig hatte bis der Zug kommen sollte."

„Sagtest du nicht gerade, dass der Zug auf Gleis eins einfahren sollte?", der fragende Blick der jungen Frau sprach Bände!

„Sagte ich", bestätigte der junge Mann kopfnickend.

„Aber wieso bist du dann auf Gleis drei rüber gerannt?", fragte sie verständnislos.

„Weil ich ein Gewohnheitstier bin! Darum bin ich rüber gerannt! Weil meine Anschlusszüge immer auf Gleis drei kommen. Die kommen nie auf Gleis eins an! Aber ich fahre auch sonst nie so früh nach Hause."

Die Enttäuschung stand dem jungen Mann in Großbuchstaben ins Gesicht geschrieben: „Natürlich fuhr mir der Anschlusszug auf Gleis eins direkt vor der Nase weg!"

„Und dann?" erkundigte sich die junge Frau freundlich.

„Dann musste ich über eine Stunde auf den nächsten Anschlusszug warten und war froh, als ich endlich daheim war."

*****

Überraschungs-Grußideen für Reisende

Die Ansichtskarte. Der Klassiker schlechthin. Die Ansichtskarte, die man so gerne aus dem Urlaub schickt, um die restliche Familie, Freunde und Bekannte neidisch zu machen, weil man gerade im sonnigen Süden ist, während zu Hause Wetter bedingt Land unter herrscht. Oder im kühlen Norden die Seele baumeln lässt, während sich die daheim Gebliebenen bei Gluthitze am liebsten im kühlen Keller einigeln würden.

Von beeindruckenden Landschaften über Städte bis hin zu besonderen Sehenswürdigkeiten und sogar Kuriositäten ist alles vertreten. Die Auswahl ist groß und dennoch räumlich begrenzt. Schließlich werden Sie von den Seychellen nicht unbedingt eine Karte aus Alaska oder von der Nordsee schicken wollen.

Sie brauchen nicht einmal unbedingt Urlaub, um Ihren Lieben eine Ansichtskarte zu schicken: Machen Sie hin und wieder Ausflüge? Wochenend- und Kurztrips? Und wo arbeiten Sie? Wissen Ihre Verwandten, Freunde und Bekannten wie es in dieser Stadt oder diesem Dorf aussieht? Nein?! Worauf warten Sie dann? Auf zum Ansichtskartenkauf! Die gibt es schließlich an fast jedem Bahnhof in Hülle und Fülle.

*****

... dürfen Sie auch gerne Augenpflege betreiben

Was war der junge Mann attraktiv! Groß, schlank, breitschultrig, mit dunklen Haaren, und strahlend blauen Augen, die seinem Gesicht einen verschmitzten Ausdruck verliehen. Der elegante dunkelblaue Anzug mit weißem Hemd und passender Krawatte machten ihn zu einer imposanten Erscheinung! Ich hatte mich auf der Stelle in ihn verliebt!
Jetzt setzte er sich mir auch noch gegenüber! Was hatte ich plötzlich für weiche Knie! Mein Herz pochte wild spürbar in meinem Hals, der von einem riesigen imaginären Klos schlagartig verstopft wurde! Und mein Blick klebte an den Augen meines mir gegenüber sitzenden Traummannes! Bis ... ja, bis zu dem Moment als eine hässliche, mit einem Atemzug sein halbes wirklich bildhübsches Gesicht verdeckende Kaugummiblase seinen Mund verließ! War das ekelig! Und wie der seinen Kaugummi im Mund hin und her schob: Bisweilen glaubte ich durch den sich immer wieder rhythmisch öffnenden Mund bis in sein Mageninneres blicken zu können ...

Blitzschnell war meine Verliebtheit verflogen.

***

Bitte versäumen Sie allerdings die Weiterreise nicht

„Und das ganze Chaos nur wegen einer herrenlosen Sporttasche! Ich bin bedient, das kannst du mir glauben!"

Die mit dem Handy telefonierende Stimme war aufgebracht laut. Ich im Stillen neugierig: Was es wohl mit dieser herrenlosen Sporttasche auf sich hatte?

„Diese ominöse Sporttasche stand am Hauptbahnhof. Kaum war ich in meinen ausnahmsweise einmal pünktlich eingefahrenen Zug eingestiegen, musste ich auch schon wieder aussteigen."

Sie stand also am Hauptbahnhof. Diese verlassene Sporttasche.

„Plötzlich standen da hunderte von Polizisten! Ich habe nur noch Uniformen gesehen! Unglaublich, sag ich dir, unglaublich. Mir war ganz mulmig zu Mute. Kannte so etwas bislang nur aus dem Fernsehen. Und plötzlich … ganz plötzlich war ich mittendrinn! Sicher handelte es sich um eine Bombendrohung! Aber die haben uns natürlich nichts gesagt.

Die Polizisten. Einfach rausgeschoben haben die uns. Ohne ein Wort mit uns zu reden."

Die Fassungslosigkeit lag noch immer in der mit dem Handy telefonierenden Stimme.

„Wir Reisenden wurden durch die Bahnhofshalle nach draußen geschoben und es dauerte keine fünf Minuten bis unzählige Busse als Schienenersatzverkehr einrollten. Und weil die alle ganz groß auf ihren Displays ihren jeweiligen Zielort stehen hatten, wusste ich sofort, in welchen Bus ich einsteigen musste. War echt toll organisiert das Ganze, muss ich schon sagen", lobte die mit dem Handy telefonierende Stimme.

„Ich also gleich in den Bus eingestiegen, damit ich auf jeden Fall einen Sitzplatz bekam. Schließlich würde meine Heimfahrt eine gute halbe Stunde dauern. Viel zu lange, um stehen zu bleiben."

Die mit dem Handy telefonierende Stimme sah allerdings nicht wirklich so alt aus, als dass sie nicht hätte ein halbes Stündchen Busfahrt lang stehen können …

„Kaum hatte ich mich gesetzt, war der Bus auch schon voll und fuhr los. Fand ich toll, dass es wenigstens da zu keiner Verzögerung kam!" schon wieder ein Lob von dieser mit dem Handy telefonierenden Stimme.

„Was ich allerdings nicht wusste – und glaube mir, mit meiner Unwissenheit war ich nicht alleine – was ich also nicht wusste, war, dass dieser Bus ein Schulbus war und nun sämtliche auf meinem Heimweg umliegenden Schulen anfahren musste!" brüllte die mit dem Handy telefonierende Stimme.

„Das sind genau neun Schulen! Neun Mal halten, warten bis immer mehr laut kreischende Kinder eingestiegen sind! Und glaube ja nicht, die hätten es eilig, in den Bus zu kommen! Bis die jedes Mal endlich alle im Bus waren! Das hat gedauert, sage ich dir, gedauert hat das! Gefühlt haben die Stunden fürs Einsteigen gebraucht!"

Die mit dem Handy telefonierende Stimme wollte sich nicht mehr beruhigen.

„Und laut waren die! Keine einzige Ansage des Busfahrers mehr habe ich verstanden. Keine einzige!"

Die mit dem Handy telefonierende Stimme klang völlig verzweifelt.

„Ich habe mich wirklich massiv beherrscht und keinen Ton gesagt, weil ich einfach nur froh war, nach Hause gebracht zu werden und nicht stundenlang am Bahnhof stehen zu müssen. Wirklich, das war der einzige Grund, warum ich diese wilde Horde ertragen habe."

Jetzt tat sie mir fast ein bisschen leid, die mit dem Handy telefonierende Stimme.

„Und dann passierte es!"

Was? Was passierte? Hatte die mit dem Handy telefonierende Stimme etwa doch die Beherrschung verloren?!

„Das musst du dir auf der Zunge zergehen lassen! Wirklich! Ich war derart sprachlos! Im Grunde ist das nicht in Worte zu fassen!"

W A S? W A S ist nicht in Worte zu fassen?

„Einen Kilometer vor meinem Zuhause, einen einzigen, winzig kleinen Kilometer … Wir waren bereits auf der Hauptstraße in Richtung meiner Bahnhaltestelle unterwegs … sozusagen auf der Zielgeraden … und dann?"

U N D D A N N?? WAS DENN DANN?

Die mit dem Handy telefonierende Stimme machte es aber auch spannend!

„Dreht doch dieser Bus ab! Fährt an der Ampel anstatt gerade aus nach rechts weg! Und es kommt die Durchsage: ‚Liebe Fahrgäste, soeben erreicht mich die Meldung, dass der Bahnverkehr wieder reibungslos verläuft. Ich bringe Sie daher nun zum Hauptbahnhof! Die verdächtige Tasche hat sich als harmloser Turnbeutel eines Schülers entpuppt'."

Die mit dem Handy telefonierende Stimme holte hörbar tief Luft.

„Einen Kilometer vor meinem Ziel! Einen klitzekleinen Kilometer vorher dreht der Bus um und bringt mich wieder zum Hauptbahnhof! Nach über eineinhalb Stunden Schülereinsammelfahrt und dem unerträglichen Lärm … nach diesem ganzen Chaos setzt der Busfahrer mich wieder am Hauptbahnhof ab! Ist das noch zu fassen?!"

***

Und lesen Sie die bereits begonnene Geschichte von vorne

„Was ich heute erlebt habe! Unglaublich!"

Meine Sitz-Vorderfrauen umarmten sich begrüßend und setzten sich nebeneinander hin.

„Was ist denn passiert?"

„Ich war heute früh erst beim Arzt und bin deshalb mit dem Neun-Elfer-Zug zur Arbeit gefahren. Ich war überrascht wie viele Menschen auch um diese Zeit noch mit dem Zug irgendwo hin fahren. Auf jeden Fall hatte ich mich gegenüber einer älteren Frau - ich denke, dass sie die siebzig schon überschritten hatte – hin gesetzt. Die Frau war in ein Buch vertieft und schien nichts um sich herum wahr zu nehmen. An der nächsten Haltestelle stieg eine junge Mutter mit ihrem ich schätze drei oder vierjährigen Sohn ein. Der Bub setzte sich neben mich, die Mutter neben die alte Frau. Wir saßen allerdings versetzt, also der Bub gegenüber der alten Frau und seine Mutter mir gegenüber."

„Verstehe."

„Plötzlich fängt der Bub mit den Füßen zu treten an und tritt der alten Frau gegen ihre Schienbeine."

„Wie bitte?"

„Der Dreikäsehoch hat der alten Frau an ihre Schienbeine getreten. Und nicht nur einmal! Meinst du die Mutter hätte auch nur einen Ton gesagt?! Die war so in ihr Handy vertieft – nicht einmal aufgeguckt hat die!"

„Das darf doch nicht wahr sein!"

„Genauso habe ich auch gedacht und habe den Jungen gebeten mit dem Treten aufzuhören. Was glaubst du, was er gesagt hat?! Nein! Nein, hat er gesagt."

„Nein?!"

„Nein."

„Und dann?"

„Dann habe ich die Mutter aufgefordert, das Treten ihres Sohnes zu unterbinden."

„Und?"

„Nichts. Ich musste sie drei Mal ansprechen und immer lauter werden, bis sie überhaupt von ihrem Handy aufgeschaut hat! Die alte Dame hatte dem Jungen in der Zwischenzeit auch schon mehrfach gesagt, er solle aufhören! Aber das hat den überhaupt nicht interessiert! Der hat munter weiter getreten!"

„Und die Mutter?"

„Die Mutter?! Die war der Hammer! Guckt mich frech an und sagt ‚Wenn ihm danach ist, dann soll er eben treten'!"

„Das glaube ich jetzt nicht!"

„Die hat nichts, aber auch gar nichts gemacht, diese Mutter, um diesen Buben in seine Schranken zu weisen! Kannst du dir das vorstellen?"

„Das will ich mir gar nicht vorstellen."

„Aber das dicke Ende kommt erst noch." Jetzt lachte die erzählende Frau herzlich.

„Eine Haltestation weiter stehen Mutter und Sohn auf und stellen sich an die Türe. Eine ebenfalls junge Frau, die uns die ganze Zeit aufmerksam beobachtet hatte, stand auch auf und stellte sich hinter die beiden. Und just in dem Moment als die Türen aufgehen und diese ignorante Mutter los läuft, tritt ihr die junge Frau kräftig in den Hintern und sagt ganz laut:

‚Mir war gerade danach'!"

***

Ansonsten verpassen Sie womöglich die Pointe, ...

Da man am Bahnsteig – sofern man regelmäßig zur Arbeit pendeln muss, immer wieder auf die gleichen sympathischen und unsympathischen Menschen trifft, ist es nur eine Frage der Zeit bis man ins Gespräch kommt. Mit den sympathischen Mitfahrern natürlich.

So hatte ich vor geraumer Zeit Katrin kennen gelernt. Sie machte derzeit eine Umschulung und hatte allmorgendlich das gleiche Fahrtziel wie ich. Nach wenigen Gesprächen stellten wir fest, wie klein die Welt war, denn Katrin war die Schwester des besten Freundes einer unserer Freunde. Gesprächsstoff hatten wir selbstverständlich immer. Schließlich waren wir Frauen. Und wie Frauen nun eben sind, hatten wir auch ein Auge für die Damen, die ebenfalls morgens mit uns in den Zug stiegen. Eine fiel uns beiden besonders auf: Sie war hoch gewachsen, schlank mit kurzen blonden Haaren, die ihrem hübschen Gesicht einen spitzbübischen Ausdruck verliehen. Da sie grundsätzlich genauso freundlich grüßte wie wir und immer lachte, war es kein Wunder, dass sie uns beiden sehr sympathisch war.

Als ich krankheitsbedingt einige Tage von der Arbeit zu Hause bleiben musste und nach einem kurierenden Wochenende morgens am Bahnhof ankam, stellte mir Katrin die nette, junge Frau als „Ines" vor. Ines war geschieden, hatte einen pubertierenden Sohn, einen Hund und arbeitete in der benachbarten Großstadt. Irgendwann kamen wir aufs Alter zu sprechen. Katrin hatte das magische halbe Jahrhundert bereits erfolgreich überschritten, ich war nicht mehr allzu weit von dieser doch recht beachtlichen Schwelle entfernt und Ines hatte noch am meisten Zeit. Eigenartig, dass ausgerechnet sie sich recht viele Gedanken über diese runde Zahl machte.

„Meinen Fünfzigsten verbringe ich einsam und verlassen am Meer! Das wird schrecklich!" stöhnte sie. Katrin lachte auf: „Du hast doch noch zig Jahre Zeit bis dahin! Wer weiß, was bis dorthin ist! Außerdem tut's nicht weh. Wie du siehst, sitze ich völlig entspannt hier. Und mein Fünfzigster ist schon eine ganze Weile her." „Also ich fürchte mich auch nicht vor diesem Datum. Ist doch nur eine Zahl. Und außerdem siehst du viel jünger aus!" schmeichelte ich Ines. „Oh Danke für die Blumen, Mädels! Ihr habt ja Recht. Es kommt sowieso wie's kommen soll."

Ich kann mich gar nicht mehr so genau erinnern, wieso ich beim Abendessen meinem Mann gegenüber von unserem Zug-Geburtstagsgespräch erzählte. Wahrscheinlich war seine Schwester der Grund, denn die wurde in wenigen Tagen fünfzig und wir suchten noch immer verzweifelt ein Geschenk für sie. „Ines heißt die Neue, die mit euch fährt?" fragte er. „Ja", antwortete ich. „Und sie ist so alt wie ich?" fragte er weiter. „Ja, sie ist so alt wie du und damit ebenfalls zwei Jahre jünger als ich", bestätigte ich. „Und sie läuft … nun wie soll ich sagen … sie hat einen sehr aufrechten Gang?" „Ja!" rief ich, „Kerzengerade! Als ob sie früher Ballett gemacht hätte." „Dann ist das eine ehemalige Klassenkameradin. Die einzige Ines, die ich kenne und die damals auf der gleichen Schule war wie ich, war nämlich in der Ballettschule. Und jedes Wochenende tanzend unterwegs. Dass ihr euch nun am Bahnhof begegnet … Ist das lustig! Sag' ihr doch mal ganz liebe Grüße von mir."

„Ich soll dich ganz lieb von Thomas Thoma grüßen", begrüßte ich Ines am nächsten Morgen. „Von Thomas Thoma? Woher kennst du ihn denn? Beziehungsweise wo hast du ihn getroffen? Mit dem habe ich das letzte Mal an unserem fünfundzwanzigjährigen Klassentreffen gesprochen und das ist schon eine ganze

69

Weile her!" freute sich Ines. „Nun", antwortete ich, „den Thomas treffe ich jeden Tag und wir verbringen seit sechsundzwanzig Jahren so viel Zeit wie möglich miteinander." Ines verdutzter Blick ließ mich laut auflachen! „Wie? Ihr seht euch jeden Tag?" fragte sie verwirrt. „Ja. Zwangsläufig. Wir sind verheiratet." Jetzt lachte auch Ines hell auf: „Das gibt es doch nicht! Du bist Thomas' Frau?! Wie klein die Welt doch ist!"

***

... worüber Sie sich garantiert ärgern

Was um alles in dieser Welt war das denn da gerade?! Das, was schrill, laut in mein Ohr drang! In einer solch hohen Tonlage, das mir selbst das quietschigste Quietschen einer völlig verrosteten nach Öl schreienden Tür als säuselnder Wohlklang vorkam.

Das grelle Quietschen kam aus einer dürren, kleinen Frau, deren Gesicht dank ihrer vielen Faltenfurchen wie zusammen geknüllte Aluminiumfolie aussah und durchdrang den kompletten Zug. Selbst die jungen Leute, die ihre Musikknöpfchen lautstark im Ohr hatten, blickten verwundert nach dem Gekreische der Alten. Wir alle waren gezwungen ihr zu zuhören! Und dabei verstanden wir sie nicht einmal richtig. Sie redete in einer Geschwindigkeit, mit denen Expresszüge von A nach B rauschten und verschluckte sich in unregelmäßigen Abständen an den Buchstaben, die sie dann auch regelmäßig mit schluckte.

Plötzlich schien die Verbindung unterbrochen. Funkloch! Aufatmen bei uns allen. Hoffentlich dauerte das Funkloch noch eine Weile an. Tat es nicht. Das lautstarke Ohren schmerzende Gebrabbel ging weiter. Ohne Punkt und Komma. Dass ihr nicht peinlich war, dass wir alle mithörten. Und dabei interessierte sich doch kein Mensch für das, was sie zu sagen hatte. Wobei …

„Am Freitag feiert Maria ihre Verlobung. Zu Hause, Hauptstraße einundneunzig, vierter Stock. Geht um halb sechs los. Sind alle eingeladen! Gibt lecker essen und trinken!"

Ob Maria wirklich Platz und Essen und Trinken für alle Mitreisenden hatte?!

*****

Überraschungs-Grußideen für Reisende

Kluge Postkarten. Ja, Sie lesen richtig: Kluge Postkarten. Ich rede von Postkarten mit weisen Sprüchen. Mit mal mehr, mal weniger langen Texten, gereimt und ungereimt. Lebensweisheiten. Postkarten mit Worten, die uns zum Nachdenken anregen. Die uns manchmal sogar so gut gefallen, dass wir sie aufheben, mit uns tragen wie einen kostbaren Schatz oder irgendwo platzieren, wo wir sie immer wieder vor Augen haben. Um uns so oft wie möglich daran zu erinnern, was uns wichtig ist. Oder wichtig sein sollte.

Wie, Sie lieben diese schönen Karten genauso wie ich? Dann machen Sie sich und anderen doch auch eine Freude und verschicken Sie mal wieder eine solch kluge Postkarte! Viel Spaß beim Aussuchen! Sie wissen ja: Nahezu jeder Bahnhof hat eine Buch-

handlung mit diversen Postkarten-
ständern. Sie werden dort sicher fün-
dig.

*****

Wundern Sie sich nicht, ...

„Das müssen Sie sich auf der Zunge zergehen lassen! Was man mir da vorgesetzt hat! Unmöglich sag ich Ihnen! Unmöglich!" Der ältere Herr war sichtlich aufgebracht und ließ sich mit einem kräftigen Plumps im Fahrtsitz neben mir nieder. Er rückte seine Aktentasche auf seinem Schoß zurecht, dann erzählte er mit seinem Handy telefonierend weiter.

„Seit Tagen saufe ich in Arbeit ab. Mein einer Kollege ist in Urlaub, der andere wegen Burn out seit Wochen krank. Ich schufte also momentan für drei!"

Das kannte ich. Bestens. Und dass so eine Schufterei kein Zuckerschlecken war, wusste ich ebenfalls. Der Herr hatte mein Mitgefühl.

„Aber das interessiert unseren Chef nicht die Bohne. Dass ich alleine die Arbeit von dreien stemme. Hauptsache der Laden läuft und die Zahlen stimmen. Wie, ist ihm egal!"

Sprach der Mann da gerade von meinem Chef?!

„Heute früh hatte ich wieder einmal Land unter. Und brauchte dringend die Unterschrift meines Chefs, um verschiedene Vorgänge voran zu bringen. Ich also alle Dokumente fein säuberlich in Unterschriftsmappen aufbereitet, klopfe an die am Türrahmen angelehnte Cheftür, sage freundlich ‚Hallo' und will mich gerade erklären, da schnauzt der mich an ‚Sehen Sie nicht, dass ich zu tun habe! Ich muss mich konzentrieren! Kann jetzt keine Störungen gebrauchen! Nehme auch keine Telefonate an!' Ich sehe lediglich, dass er vor einem schwarzen Bildschirm sitzt, einen Bleistift in der Hand hält und ein großes, leeres Blatt Papier vor sich liegen hat. Hätten Sie da auf Anhieb erkannt, dass Ihr Chef gerade etwas ganz wichtiges zu tun hat?"

Hätte ich nicht. Antwortete ich im Stillen und ertappte mich doch tatsächlich dabei, wie dieser Herr mich unbewusst in seinen Gesprächsbann zog. Sicher lag es daran, dass auch ich einen Chef hatte, dessen ABC aus gerade einmal drei Buchstaben bestand, nämlich I-C-H. Ich.

„Ich also wieder aus dem Zimmer. Unterschriftsmappen griffbereit neben mich gelegt, damit ich mir sofort die für die Weiterarbeit so nötigen Autogramme holen konnte, wenn ER mir dann hoffentlich in Kürze signalisierte, dass ER wieder ansprechbar war. Das war übrigens heute früh um kurz nach acht."

Noch eine Parallelität. Der Herr gehörte offensichtlich auch zu den Frühaufstehern, die gerne in Ruhe morgens die wichtigsten Arbeiten des Tages erledigten. Er wurde mir von Sekunde zu Sekunde sympathischer.

„Kurz vor zwölf Uhr kommt er endlich stöhnend aus seinem Zimmer. Mein Chef. Schnaubt als hätte er den ganzen Morgen geackert wie ein Pferd! Läuft an mir vorbei und bremst mich als ich nach den Unterschriftsmappen greife mit den Worten ‚Jetzt nicht. Ich muss noch dringend etwas besorgen' gleich wieder aus. Und verschwindet. Außer Haus."

Warum nur musste ich innerlich lauthals loslachen?! Dieser Chef war genau wie meiner. Erst einmal kam ER, dann vielleicht die Arbeit, vielleicht aber auch nicht, weil nämlich ER doch noch ein bisschen was wichtiges Privates zu tun hatte … Für die Arbeit waren schließlich die anderen Deppen zuständig.

„Kaum war er weg, klingelte nicht sein Telefon?! Selbstverständlich hatte er vergessen, SEIN Telefon auf mich umzustellen. Ich also in sein Zimmer, um das Telefon umzustellen und was sehe ich?! Genau vorm Telefon liegt ein großes mit Bleistift beschriebenes Blatt. Unübersehbar! Dabei hätte ich es so gerne ignoriert! Ehrlich. Ich wollte weg gucken. Nicht drauf schauen! Aber ich konnte es nicht: Die Buchstaben auf dem Blatt drängten sich mir förmlich ins Auge! Wollten gelesen werden, noch bevor ich dazu kam das Telefon umzustellen!"

Und was stand auf dem Blatt Papier?! War ich neugierig!

„Katze. Oder Kater. Kastriert. Langhaar – nur wenn keine Haare ausgehen. Besser Kurzhaar. Rassekatze. Nicht älter als ein Jahr. Reine Hauskatze. Wir brauchen: Katzentoilette, Katzenstreu, Futterschüsseln, welches Futter? Tierarzt: Welche Impfungen? Wie oft entwurmen? Und so weiter. Der Mann hatte sich den kompletten Vormittag lang Gedanken um eine Katze gemacht! Oder sollte ich besser sagen für die Katz'?! Weil nämlich seine Tochter in drei Wochen Geburtstag hat und sich eine Katze wünscht. Haben Sie da noch Worte?!"

Hatte ich nicht. Aber ich hätte zu gerne ge-
wusst, mit wem mein Mitfahrer gerade telefonierte. Ob es die Personalabteilung war?

***

... wenn Ihnen so manche Geschichte bekannt vorkommt

„Wissen Sie", lachte die ältere Frau, die sich mir gegenüber elegant in ihren Fahrtsitz gleiten ließ, „es gibt schon merkwürdige Menschen."

Ich nickte freundlich zustimmend: „Da haben Sie Recht."

„Ich laufe jeden Morgen den gleichen Weg zum Bahnhof und nach der Arbeit am späten Nachmittag wieder nach Hause", fuhr sie fort.

Also wie ich und viele andere. Ich nickte erneut mit meinem Kopf und wartete auf die Fortsetzung. Ich wollte nicht unhöflich sein. Obwohl ich die Dame gar nicht kannte. Oder hatte ich sie hier im Zug schon einmal gesehen? Schließlich fuhr ich jeden Morgen mit diesem Zug zur Arbeit. Unwillkürlich musterte ich sie: Sie hatte eine ansehnliche Figur, war modisch schick gekleidet, High-Heels an und ein freundliches Gesicht, das von unbändigen schwarzen Locken umrandet wurde. Aber ich hatte sie bislang wirklich nicht bemerkt. Sicher lag es daran, dass unser Zug von der Masse an Schülern, die mit uns einstiegen, nahezu aus allen Nähten gesprengt wurde.

„Auf meinem Weg passiere ich logischerweise auch immer die gleichen Häuser."

Ich auch.

„Und ein Haus, das ist gute neun Meter lang – ich weiß das genau, weil ich nämlich immer meine Schritte zähle, eine Schrittlänge von gut dreißig Zentimetern habe und dreißig Schritte brauche, bis ich vorbei bin."

Dreißig-Zentimeter-Schritte. Mit den High-Heels. Respekt. Schritte zählen käme mir persönlich allerdings zu so früher Stunde am Tag nicht in den Kopf …

„An diesem einen Haus liegen jeden Morgen Zigarettenkippen auf dem Bürgersteig. Verteilt unter zwei Fenster. Mal mehr, mal weniger viele. Und mal mehr, mal weniger kurze Stummel."

Na prima. Da rauchte also jemand am Fenster seine Zigaretten und warf die Kippen auf den Bürgersteig. Hatte der- oder diejenige keinen Mülleimer?

„Und wenn ich dann am Nachmittag wieder vorbei laufe, sind alle Kippen weg."

Na wenigstens etwas.

„Mittlerweile kann ich Ihnen anhand der Anzahl der Kippen genau sagen, ob die Bewohner einen harmonischen oder einen stressigen Abend hatten. Je mehr Kippen, desto angespannter der Abend! Da bin ich von überzeugt!" lachte sie.

„Kann ich mir vorstellen", erwiderte ich ebenfalls lachend, „man könnte da aber auch noch auf andere Gedanken kommen …", ergänzte ich.

„So?" Die Dame tat überrascht, „Wie meinen Sie das denn?!" Ihr Augenaufschlag hatte es in sich!

„Nachdem es durchaus etliche Paare gibt, bei denen die Zigarette nach dem Sex dazu gehört …". Mehr brauchte ich gar nicht sagen, denn schon war der Zug von schallendem Gelächter erfüllt.

***

Denn vieles wiederholt sich im Leben Zugreisender

„Was für ein bescheidener Tag. Nur nervende Kunden! Bin ich froh, wenn ich zu Hause bin!" Mit einem herzzerreißenden Seufzer plumpste das zierlichere Mädchen in den Fahrtsitz.

„Bei mir war es total lustig heute", kicherte das andere.

„Lustig? Erzähle! Ich kann eine kleine Aufmunterung zum Feierabend gebrauchen!"

„Du hast doch meine eine Kollegin, die immer so laut spricht, dass alle im Großraumbüro hören müssen, was sie sagt, schon kennen gelernt, nicht?"

„Meinst du die, die derart laut redet, dass selbst deine Gesprächspartner am anderen Ende der Telefonleitung meinen, sie würde gerade mit ihr reden?!"

„Ja, ganz genau die meine ich."

„Was hat die denn heute angestellt?"

„Abgesehen von einigen ohrenbetäubenden Telefonaten, musste sie heute wie wir alle drei Online-Schulungen absolvieren."

„Drei Online-Schulungen? Das ist aber viel für einen Tag!"

„Das kannst du laut sagen! Und unheimlich anstrengend, weil du hoch konzentriert sein musst, damit du die Tests am Ende der Schulungen bestehst. Die kannst du nämlich nur einmal machen. Fällst du durch, musst du die komplette Schulung wiederholen."

„Wie ätzend!"

„Du sagst es. Und da wir die Schulungen alle gleichzeitig machen müssen, kannst du dir vorstellen, wie begeistert wir sind, wenn besagte Kollegin ihre obligatorischen, unüberhörbaren Selbstgespräche führt!"

„Was macht die?!"

„Sie führt lautstarke Selbstgespräche während der Schulungen. Weißt du, wie störend das ist, wenn du dich konzentrieren willst?!"

„Kann ich mir vorstellen. Ist ja zum davon Laufen!"

„So ist es. Heute jedenfalls hat sie alle mit ihrem schrillen Gebrabbel wieder einmal nahezu in den Wahnsinn getrieben. Zum Glück war die erste Schulung relativ einfach, so dass wir auch mit halber Konzentration den finalen Test bestehen konnten. Aber die zweite Schulung hatte es in sich! Die war richtig intensiv und der Test alles andere als einfach!"

„Und dann noch permanentes Geschwätz von der Kollegin! Wie grauenhaft ist das denn!"

„Du wirst lachen: Zuerst haben wir ihr Gerede noch wahrgenommen, aber weil wir uns so sehr auf die Schulungsinhalte konzentrieren mussten, sind ihre verbalen Laute irgendwann verhallt. Zumindest haben wir sie nimmer gehört", kicherte die Zierlichere.

„Das ist toll, wenn ihr diese Quatschtante ausblenden könnt! Respekt!"

„Ja, ja", gluckste sie weiter, „ausblenden … das dachten wir auch, dass wir sie erfolgreich ignoriert hätten. Aber es war viel besser!"

„Wie? Viel besser?!"

„Als wir den zweiten Test erfolgreich bestanden hatten und kurz Luft holen wollten, bevor wir uns mit der letzten Schulung auseinander setzen mussten, war es für einen Moment lang auffallend still in unserem Büro", ein breites Grinsen erstrahlte auf ihrem Gesicht, „und dann war etwas zu hören! Etwas Befremdliches!"

„Etwas Befremdliches?!"

„Es war ein sanfter, gleichmäßig leiser Ton".

„Aha. Und weiter?!"

„Ein angenehmer Klang, der durch ein kurzes Grunzen in unregelmäßigen Abständen regelmäßig unterbrochen wurde!", lachte sie schallend!

„Sag nichts! Die Kollegin war eingeschlafen, oder?!"

„Ja! Und schnarchte munter vor sich hin!" Das Gelächter wollte kein Ende nehmen! „Sie hat sogar die dritte Schulung verschlafen! Ist das nicht köstlich?!"

***

... und es entstehen Parallelen innerhalb der Reisegeschichten

Merkwürdig war er schon. Der gepflegte, jugendlich wirkende Mann von Haltestelle Sieben. Immer topmodisch gekleidet, adretter Kurzhaarschnitt, moderne Brille, lederne Umhängetasche und die Tageszeitung in der Hand. So stieg er jeden Tag in den Zug ein.

Aber egal wie viele Plätze frei waren, erst einmal lief er hektisch durch alle Abteile! Blickte nervös von links nach rechts und umgekehrt und aus den Waggonfenstern als wäre der Teufel höchst persönlich hinter ihm her! Nachdem er seine erste Runde gedreht hatte, setzte er sich für einen kurzen Augenblick hin, um im nächsten Moment wieder aufzuspringen und ein zweites Mal alle Abteile zu inspizieren. Was er wohl suchte? Oder suchte er womöglich jemanden? Jemanden ganz bestimmten? Wie auch immer: Fündig schien er nicht zu werden.

Hatte er seinen zweiten Durchgang beendet, wählte er jedes Mal einen Fensterplatz – sofern einer frei war – mit Tisch und breitete seine Zeitung groß vor sich aus. Während er seine Brille abnahm, sog er bereits die ersten Artikel zusehends auf, blätterte im Eiltempo die Seiten durch, setzte seine Brille wieder auf, faltete das Nachrichtenblatt sauber zusammen und erhob sich zur dritten Abteilungsdurchlaufrunde. Beachtlich, dass sich seine hektische Ruhelosigkeit nicht auf die anderen Fahrgäste übertrug!

Sicher gab es für sein Verhalten einen Grund. Einen guten Grund. Wahrscheinlich hatte er Probleme mit dem Zugfahren. Vielleicht machten ihm die Enge des Zuginneren und bisweilen die darin befindlichen Menschenanhäufungen Ängste? So wie manche Menschen Platzangst haben. Womöglich arbeitete er an sich, an seinen Ängsten. Wahrscheinlich kostete es ihn Tag täglich eine enorme Überwindung in den Zug einzusteigen. Aber es war die einzige Möglichkeit für ihn, sich seinen Ängsten zu stellen. Vielleicht war es so. Vielleicht hatte er aber auch schlicht und einfach keinen Führerschein.

***

Sollten Sie während Ihrer Lesereise zu lautem Lachen neigen, ...

„Was für eine Odyssee!"

Wieso nur mussten Menschen im Zug mit ihrem Handy immer so laut telefonieren, dass andere gezwungen waren zuzuhören?

„Gestern. Ein einziges Chaos, sag ich dir! Stundenlang waren wir unterwegs und dann ..."

Aha! Wieder jemand, der von Zugverspätungen betroffen war. Wie schön, dass dieses Schicksal nicht von mir alleine getragen werden musste.

„Auf der Fahrt nach Frankreich standen wir erst einmal im Stau. Geschlagene drei Stunden!"

Keine Zugverspätung. Ich hatte mich geirrt. Verkehrsstau also. Nicht weniger ätzend.

„Kurz vor unserem Ziel bin ich dann fünf Mal im Kreisel herum gefahren, bis ich endlich die richtige Ausfahrt entdeckt hatte!"

Fünf Mal im Kreisel herum gefahren? Na, da waren die übrigen Autofahrer sicher sehr begeistert …

„Und stell dir vor: Kommen wir da an, an diesem Naturdenkmal, von dem ich mir Wunder was für beeindruckendes Monument vorgestellt habe."

Und? Weiter? Wieso machte der Handytelefonier ausgerechnet jetzt eine Sprechpause? Jetzt, wo es gerade einmal anfing interessant zu werden.

„Du glaubst es nicht! Dieses viel gepriesene Erinnerungsstück, ein Zeuge der Vergangenheit, das war was?"

Ja, was denn? WAS war es?

„Ein Stein. Ein Faust großer Stein."

Mehr nicht?

„Mehr nicht. Für so einen kleinen Stein hatten wir eine solche Odyssee auf uns genommen! Was waren wir enttäuscht! Zum Trost wollten wir uns wenigstens mit einem guten Essen belohnen."

Das verstand ich nur allzu gut.

„Aber meinst du, wir hätten auch nur ein einziges Lokal gefunden, das offen gehabt hätte?!"

Wie? In ganz Frankreich gab es kein einziges geöffnetes Lokal? Das war doch unmöglich!

„Wieso die alle zu waren? Ganz einfach: Gestern war Montag. Und montags hatten alle Lokale, die wir ausfindig machen konnten, Ruhetag."

Das nenne ich Pech. Auf ganzer Linie.

*****

Überraschungs-Grußideen für Reisende

Ich bin ein absoluter Fan von witzigen Postkarten! Sie auch? Mir reichen oftmals schon die Bilder, die mir mit den ulkigsten Posen von Mensch und Tier entgegen lachen, um mich zu erheitern. Manche Bilder werden zusätzlich durch einen lustigen Text untermalt und umgekehrt. Oder es steht nur ein witziger Text auf der Karte, ohne Bild.

Wann immer ich solche Karten sehe, bekomme ich Assoziationen. Denke spontan an Menschen, auf die der Karten-Spruch zutrifft. Oder an komische Situationen, die mit dem Postkarteninhalt irgendwie in Zusammenhang stehen. Manche dieser Postkarten lösen in mir unbewusst genau das erheiternde Gefühl aus, das da beschrieben wird. Geht es Ihnen auch so?

Greifen Sie doch einfach zu! Nehmen Sie sich bei nächster Gelegenheit eine solche Karte am Bahnhof mit und pinnen sie sichtbar an, damit Sie täglich etwas zu lachen haben!

*****

... sind Sie hier genau richtig!

Jeden Freitag fuhren sie mit dem Frühzug. Sie stiegen in Wagen vier ein und setzen sich wie selbstverständlich auf die Plätze zweiundzwanzig und dreiundzwanzig nebeneinander. Als ob diese Plätze für sie dauerreserviert wären. Ohne dass irgendwo ein Reserviert-Schildchen aufleuchtete. Aber diese beiden Plätze waren eigenartigerweise freitags früh auch immer frei. Vielleicht weil jeder wusste, dass die beiden wieder mitfahren würden? Und vielleicht auch, weil sie alle anderen ebenso faszinierten wie mich?

Ich schätzte sie auf etwas über achtzig. Beide. Der Mann war für sein Alter noch immer stattlich und hielt sich beeindruckend kerzengerade – im Stehen wie im Sitzen. Seine Frau war einen guten Kopf kleiner, ganz schön rundlich und hatte beständig ein zauberhaftes Lächeln auf ihren Lippen. Überhaupt lachten beide auf ihrer Zugfahrt viel und herzlich miteinander! Der Gesprächsstoff schien ihnen nicht ausgehen zu wollen und die Art wie die beiden sich gegenseitig an ihren Händen hielten, zeigte uns allen deutlich, dass auch ihre Zuneigung für einander noch immer glühte.

War das schön, die beiden so liebevoll miteinander zu erleben! So zärtlich war ihr Umgang! So vertraut ihr Gekicher! Die Welt um sie herum schien für die beiden nicht zu existieren. Wie frisch Verliebte schauten sie sich verträumt in ihre Augen und küssten sich sogar hin und wieder. Und das in ihrem Alter! Das musste Liebe sein!

***

Teilen Sie Ihr Lachen mit anderen ...

"Ist denn das zu glauben?! Jeden Morgen müssen wir uns alle wie Sardinen in einer Büchse hier rein pressen!", schnaubte die Alte zornig.

"Jeden Morgen das gleiche Spiel. Eine Zumutung ist das! Erst gestern habe ich mich wieder beschwert! Habe gefragt, ob die sich überhaupt vorstellen können, wie das ist, wenn man morgens mit einem Zug zur Arbeit fahren muss, in dem gefühlt an jeder Haltestelle ganze Schulklassen einsteigen?! Man ständig Schulranzen und Ellenbogen in die Seiten gerammt bekommt! Kaum Luft zum Atmen hat! Wenn ich nur an die Schweißgerüche im Sommer denke, wenn jeder schon am frühen Morgen im eigenen Saft da steht ... boah mir wird schon alleine bei dem Gedanken an diesen Mief übel! Wie gut, wenn man dank der Menschenmassen in die erste Klasse gedrängt wird! Da kann man wenigstens stehend etwas Luft holen. Soll mal einer kommen und was sagen, dass ich da nicht stehen darf! Und was hat der Schaffner zu meiner Beschwerde gesagt?"

Die interessiert mich jetzt auch brennend.

"Mit den Achseln hat er gezuckt! Mit den Achseln. Da bleibt einem doch die Spucke weg, oder?!"

Richtig.

"Schriftlich solle ich mich beschweren, hat er irgendwann verlauten lassen. Schriftlich. Ansonsten wäre da nichts zu machen. Unglaublich, nicht wahr?!"

JA!

"Also was habe ich gestern Abend gemacht?"

Doch nicht etwa eine schriftliche Beschwerde aufgesetzt?

"Eine Mail geschrieben. Aber keine von diesen üblichen Beschwerdemails, in denen man verbal drauf schlägt, in der Hoffnung etwas zu bewirken. Weiß man ja selbst, wie das ist, wenn da so eine 'Sie müssen' und 'Was bilden Sie sich ein' und 'Wehe, wenn Sie nicht' Mail kommt ... da geht man doch gleich in Abwehrstellung und haut entsprechend zurück."

Stimmt auffallend.

"Ich war wirklich einfallsreich!", lachte die Alte.

Was die Alte wohl unter einfallsreich verstand?

"Ich habe einfach gefragt, ob die Verantwortlichen schon jemals in solch einem überfüllten Zug gefahren sind? Wenn sie das täglich ertragen müssten, könnten sie mich doch sicher verstehen. Und wenn sie nicht mit dem Zug zur Arbeit fahren, sondern mit ihrem Auto, dann sollten sie sich doch bitte einmal vorstellen wie es wäre, wenn sie täglich in einem Fünfsitzer keine fünf, sondern gleich fünfzehn bis zwanzig Menschen mitnehmen müssten. Ob sie der Meinung seien, das ginge problemlos?! Oder ob es da nicht womöglich Schwierigkeiten gäbe? Und vor allem, ob sie da noch in der Lage wären Sicherheitsvorschriften einzuhalten?! Und wie sie denn dieses Problem lösen würden? Vielleicht mit einem zweiten und dritten Auto?"

Hatte sie clever gemacht, die Alte, musste ich ihr schon zugestehen.

"Und abschließend habe ich gefragt, ob sie denn statt der Autos im Zugverkehr nicht vielleicht ein paar mehr Waggons während der Stoßzeiten einsetzen könnten. Bin gespannt, was die antworten."

Ich auch.

***

... und ermutigen Sie Ihre Mitreisenden, ...

"Endlich Freitag!" strahlte die junge Frau.

"Ja, endlich. Allerdings kann auch ein Freitag ein recht langer Arbeitstag sein", erwiderte der ältere Herr.

"Mir ist es egal, wie lange mein freitäglicher Arbeitstag ist", lachte die junge Frau, "denn wissen Sie, mein Mann und ich haben uns angewöhnt bereits freitags nach unserem Arbeitsende das Wochenende einzuläuten. Wenn wir beide frühzeitig gehen können, also sagen wir zwischen fünfzehn und sechszehn Uhr, dann holt mich mein Mann mit unserem Auto direkt im Büro ab und wir fahren zu einer Bäckerei, in der wir bei leckerem Milchkaffee und feinem Kuchen den ganzen Arbeitsstress hinter uns lassen und entspannt ins Wochenende gehen."

"Hört sich gut an!", nickte der ältere Herr zustimmend.

"Und was machen Sie, wenn Sie später aus dem Büro kommen?", fragte er weiter.

"Mein Mann fährt grundsätzlich mit dem Auto zur Arbeit und hat fast immer freitags gegen sechzehn Uhr Feierabend. Da kann er schon einiges erledigen, bis auch ich ins wohlverdiente Wochenende starten darf. Ich fahre mit dem Zug heim und er erwartet mich am Bahnhof. Dann gehen wir gemeinsam in einem gemütlichen Lokal essen, lassen so die Arbeitswoche hinter uns und freuen uns an jedem Augenblick, den wir zusammen genießen dürfen!"

"Ist das schön!"

***

... zu einer weiteren Lesereise

"Oh, hallo! Das ist aber eine nette Überraschung, dass du mich heute anrufst!"

Mein Gegenübermitpendler hatte soeben einen Anruf bekommen. Offensichtlich von jemandem, den er sehr mochte.

"Wie es mir geht? Hmm, was soll ich sagen ... hmm ... durchwachsen."

Durchwachsen? Was hieß das denn?

"Du weißt, mein Fünfzigster naht in großen Schritten und bis gestern habe ich mich auch richtig auf meine Feier gefreut! Stellt mir nicht gestern meine Frau die Frage, welches Motto mein Geburtstag haben soll?! Das Motto bin ich, habe ich ihr gesagt, denn es ist schließlich mein Geburtstag. Das wäre ihr schon klar, hatte sie gelacht, dass ich die Hauptperson wäre, aber dennoch würde meine Feier ein Motto brauchen. Das wäre nun mal in heutzutage. Wenn irgendwo gefeiert würde, gäbe es immer ein Motto. Sogar bei After-Work-Partys wäre das nun Trend. After-Work-Partys. Auch so eine neumodische Erfindung. Da treffe ich mich doch lieber mit Freunden nach der Arbeit auf ein oder zwei gemütliche Bierchen und wir plauschen in aller Ruhe miteinander. After-Work-Party. Für mich klingt das eher nach Single-Schaulaufen. Verstehe überhaupt nicht, was meine Frau daran findet. Aber egal. Zurück zu meinem Geburtstag.

Schatz, habe ich zu meiner Frau gesagt, es gibt kein Motto, ich möchte einfach nur mit unserer Familie und unseren Freunden feiern. Liebling, hat sie gesagt, das geht nicht, selbst Kindergeburtstage haben heutzutage ein Motto. Ist das noch zu fassen?! In meiner Kindheit haben wir die Geburtstage ohne Motto mit allerlei Spielen, Kakao und Kuchen zu Hause gemütlich gefeiert und hatten dabei richtig Spaß! Heute muss bei einem Kindergeburtstag mindestens ein Ausflug ins Schwimmbad oder zum Minigolf-Platz oder in einen Erlebnispark gemacht werden, damit es ein 'toller' Geburtstag ist. Ich frage mich manchmal, ob Kinder überhaupt noch miteinander spielen können? Miteinander reden fällt ihnen ja dank der modernen Kommunikationstechnik schon mehr als schwer! Selbst wenn sie nebeneinander sitzen, schreiben sie sich übers Handy, anstatt sich ins Gesicht zu sehen und zu sprechen! Möchte wissen, wo das noch hin führen soll. Aber egal. An meinem Geburtstag sollen alle miteinander reden können.

Ich bin kein Kind mehr, habe ich zu meiner Frau gesagt, verschon mich mit deinem Motto. Es gibt keins. Basta. Ich solle doch kein Spielverderber sein, hat sie mir geantwortet, wir sollten uns etwas ganz Fetziges einfallen lassen, etwas Außergewöhnliches. Da ist mir der Kragen geplatzt! Was, habe ich sie gefragt, was hast du an meiner Aussage, dass es kein Motto gibt, nicht verstanden?! Seitdem haben wir kein Wort mehr miteinander geredet. Und ganz ehrlich: Nach feiern ist mir gar nicht mehr zu Mute!"

***

Getreu dem Motto der Autorin:

"So langsam mache ich mir um meine Eltern wirklich Sorgen." Mit einem lauten Seufzer sank der Mittvierziger in seinen Fahrsessel.

"Sie sind zwar erst Anfang sechzig, aber manchmal habe ich das Gefühl, dass sie bereits steinalt sind."

"Wie kommst du denn auf solch einen Gedanken?" lachte sein Gegenüber.

"Gestern Abend zum Beispiel haben sie mich angerufen, gerade als ich zur Haustür rein kam. Auf dem Festnetz-Telefon. Und mich gebeten, ich solle sie gleich auf ihrem Festnetzanschluss zurück rufen. Angeblich ginge ihr Anrufbeantworter nicht oder nicht richtig. Sie würden schon seit Stunden auf den Anruf der Firma warten, die ihnen morgen ihre neue Waschmaschine liefern sollte und ihnen noch die ungefähre Lieferzeit mitteilen wollte. Mir kam natürlich sofort der fragende Gedanke, warum sie nicht längst eines ihrer beiden Handys genommen und sich selbst angerufen hatten? Aber ich habe diesen meinen Gedanken lieber für mich behalten. Sie waren ohnehin schon aufgeregt, weil es bereits kurz nach achtzehn Uhr war und die Liefer-Firma nur bis achtzehndreißig offen hatte."

"Verstehe", nickte sein Gegenüber.

"Ich also ihre Nummer gewählt und gewartet, dass der Anrufbeantworter angeht."

"Und?"

"Nix. Es klingelte so lange, bis es automatisch endete, aber der Anrufbeantworter schaltete sich nicht ein. Ich also ein zweites Mal angerufen. Und ein drittes und ein viertes. Und immer klingeln lassen bis zum Ende."

"Und deine Eltern? Haben die nicht abgenommen?"

"Nein! Das war echt merkwürdig. Also habe ich auf Papas Handy angerufen und hatte ihn postwendend in der Leitung. 'Wieso nehmt ihr das Telefon nicht ab?' habe ich ihn gefragt. 'Weil es noch nicht geklingelt hat' hat er gesagt. 'Wieso klingelt es nicht?' habe ich gefragt. 'Hast du wirklich schon angerufen? Und auch tatsächlich unsere Nummer gewählt?' hat er gefragt.

Da wäre ich fast geplatzt! Habe mich aber gerade noch beherrscht. Schließlich wollte ich keinen Streit vom Zaun brechen. Wegen eines schnöden Telefons. Also habe ich ihm nochmals ganz ruhig erklärt, dass ich bereits mehrfach angerufen hatte, das Telefon durch klingelte und weder der Anrufbeantworter noch sonst jemand ran ging.

'Es hat definitiv nicht geläutet' hat mein Papa daraufhin gesagt. 'Kann es sein, dass ihr das Telefon aus Versehen stumm geschaltet habt?' habe ich gefragt. 'Stumm geschaltet? Wir? Das Telefon? Auf keinen Fall! Das muss kaputt sein!' hat er sich empört. 'Bist du sicher, Papa? Ist wirklich keiner von euch eventuell auf die Stummschalte-Taste gekommen?' hab ich betont ruhig nachgefragt.

'Wie sieht die denn aus? Die Stummschalte-Taste?', wollte er wissen.
'Wie ein Lautsprecher mit einem Strich durch', habe ich ihm erklärt.
'Wie ein Lautsprecher mit einem Strich durch', hat er wiederholt, 'Die leuchtet. Die Taste. Die mit dem Lautsprecher mit dem Strich durch', hat er gesagt.
'Dann drück mal drauf', habe ich ihm geraten.
'Habe ich gemacht', hat er gesagt.

'Und jetzt ruf mit Mamas Handy eure Nummer an', habe ich ihm befohlen.

Und jetzt rate mal, was plötzlich laut und deutlich klingelte!"

***

„Fährste Zug, haste Spaß!"

"Was für eine Nacht!"

Die adrette Blondine warf sich schwungvoll in ihren Fahrtsitz. Mit dem modernen Kurzhaarschnitt und einer ihre funkelnden braunen Augen hervorragend zur Geltung bringenden bunten Brille wirkte sie ungemein flott. Und ich hatte bereits mehrfach beobachtet, dass etliche männliche Pendler sich allmorgendlich nach ihrer schlanken Erscheinung umdrehten.

Was sie wohl mit ihrer Aussage meinte? Ihr Gesicht verriet, dass sie die Nacht nicht unbedingt zum Schlafen genutzt haben konnte. Ihr Teint war nicht so frisch wie sonst, die Augenlieder hingen tief und wurden von unter ihrem Make-up versteckten, aber dennoch sichtlichen dunklen Augenrändern untermalt, ihre Frisur war nicht in der gewohnten Perfektion gefönt und ihr Mund formte sich immer wieder in kurzen Abständen zu einem Gähnen. Ihre Nacht musste kurz gewesen sein. Definitiv. Wie wohl derjenige, mit dem sie die Nacht verbracht hatte, heute aussah? Gerade wollte ich mir das Bild eines völlig erschöpften, aber glücklichen Mannes ausmalen, als sie ihre Stimme wieder fand.

"Wir hatten gestern Abend überraschend Besuch bekommen. Freunde, die wir schon länger nicht mehr gesehen, geschweige denn gesprochen hatten. Da gab es natürlich eine ganze Menge zu erzählen! Ruckzuck war es ein Uhr durch. Was war ich froh, als ich kurz darauf im Bett lag und in den siebten Himmel entschlummerte. Allerdings währte meine Ruhe nur kurz."

Wer die Ruhe wohl gestört hatte? Wieder tauchten männliche Bilder vor meinem geistigen Auge auf...

"Grell lautes Fiepen holte mich unsanft aus meinem Traumland! Hatte meine Katze nicht ausgerechnet heute Nacht eine Maus mit ins Haus gebracht, als sie durch die Katzenklappe herein gekommen war?! Und hatte sie diese Maus nicht auch noch ausgerechnet mit ins Schlafzimmer geschleppt?! Und natürlich war sie ihr entwischt!"

Meine männlichen Bilder verschwanden zu Gunsten des Anblicks einer niedlichen kleinen, armen, verängstigten Maus, die alle Hoffnung auf die Blondine setzte, um nicht von deren Katze verspeist zu werden!

"Ich also raus aus dem Bett, Maus gesucht und im hintersten Eck unterm Kleiderschrank entdeckt! Wie aber da die Maus wieder raus kriegen?"

Ja, wie denn?

"Erst einmal habe ich unsere Katze aus dem Schlafzimmer verbannt."

Gute Idee.

"Dann habe ich mir einen Besen geholt, in der Hoffnung mit dem Stiel unter den Schrank zu kommen und die Maus aus ihrer Deckung zu locken."

Hätte ich genauso gemacht.

"Der Stiel war aber zu dick. Ich also nach et-was dünnerem gesucht. Nach einer gefühlten Ewigkeit fündig geworden!"

Und was war das für ein Fundstück?

"Mit dem Teleskop-Stiel meines Fensterreini-gers kam ich einigermaßen passabel in den relativ engen Zwischenraum unterm Schrank. Während ich unter großer Anstrengung den Teleskop-Stiel hin und her bewegte, sauste die Maus von einer Ecke in die andere, aber nicht unterm Schrank raus! Ich bin schier wahnsinnig geworden! Irgendwann hat sie sich dann eines Besseren besonnen und kam unterm Schrank hervor."

Und dann?

"Und dann habe ich sie mit einem Tritt erledigt und entsorgt."

Jetzt wollte ich keine Bilder vor meinem geistigen Auge haben!

"Ich habe sie meiner Katze gebracht. Schließlich wollte sie mich ja auch an ihrem 'Nacht'essen teilhaben lassen."

*****

Überraschungs-Grußideen für Reisende

Übrigens, Sie haben die Wahl! Die große Postkartenauswahl! Sie können eine, zwei oder ganz viele Postkarten kaufen. Und das Schöne ist: Sie können Ihre Freunde, Verwandte und Bekannte mit einer handgeschriebenen Karte wirklich überraschen! Sie sind doch hoffentlich der Schreibschrift noch mächtig? Oder gehören Sie zu der Generation, die nur noch ausschließlich virtuell kommuniziert? Das wäre echt schade.

Überlegen Sie mal, eine Postkarte ist klein und handlich. Hat in jeder (Hand)Tasche Platz, kann problemlos sichtbar zum Beispiel in Ihrer Küche platziert werden oder im Bad am Spiegel oder im Wohnzimmer eingerahmt an der Wand aufgehängt werden und und, und, und. Mit welchem elektronischen Kommunikationsmittel *haben Sie diese Möglichkeiten? Mir fällt da spontan nichts ein …*

Zurück zu Ihren gekauften Postkarten. Bevor Sie mit dem Schreiben los legen, sollten Sie sich kurz Gedanken machen, wie Sie diese schreiben wollen. Ja, Sie lesen richtig: Ich sage nicht, WAS Sie schreiben wollen, denn das wissen Sie selbst am besten, sondern WIE. Was ich damit meine? Das verrate ich Ihnen später.

*****

... lernst andere Menschen kennen,

„Oh, waren Sie einkaufen?"

Was für eine Frage! Die Frau trug zwei Einkaufstaschen mit dem Aufdruck namhafter Kaufhäuser. Natürlich war sie einkaufen. Gewesen.

„Ja. Und wie! Dabei wollte ich gar nicht so viel Geld ausgeben", lachte die Gefragte.

Ich packte mein Buch in meine Handtasche. Meine Lesezeit für heute war vorbei. Die beiden Damen, die sich mir gerade gegenüber gesetzt hatten, würden redeaktiv für meine Unterhaltung sorgen. Und schon schnatterten sie los.

„Das ist doch immer so: Wenn man etwas Bestimmtes sucht, findet man es nicht. Und wenn man nur Bummeln geht, könnte man Kaufhäuser leer kaufen", brummte die optisch Ältere von beiden.

„Ach, das kann man in meinen Fall so nicht sagen. Ich bin in der Hoffnung losgegangen mir heute einen Hut zu kaufen."

„Einen Hut?"

„Ja, einen modisch schicken und zu meinem Gesicht und vor allem auch zu meiner Wintergarderobe passenden Hut. Einen in grau. Grau kann man nämlich zu weiß, schwarz, beige, grau, blau und braun tragen. Und meine Herbst- und Wintermäntel haben genau diese Farben."

Hoppla! Der Kleiderschrank der Dame musste ein stattliches Ausmaß haben. Wenn sie bereits in jeder der genannten Farbe einen Mantel hatte, wie viele Klamotten hatte sie dann für darunter?

„Schauen Sie mal, ist der nicht hinreißend?!"

Schon schmückte sie mit ihrer Neuerwerbung ihren Kopf. Und ich musste gestehen, der Hut stand der Dame ausgesprochen gut. Er verlieh ihrem auf den ersten Blick langweiligen Gesicht etwas Burschikoses. Hatte sie eine gute Wahl getroffen, ehrlich!

„Sieht toll aus! Da haben Sie eine gute Wahl getroffen. Der ist wie für Sie gemacht!" Die optisch Ältere stimmte mir zu.

„Danke! Mir hat er auch sofort gefallen. Wissen Sie, als ich so durch die Regale stöberte, stand plötzlich eine Verkäuferin neben mir und fragte mich freundlich, ob sie mir behilflich sein könnte. Das habe ich erst einmal verneint. Obwohl mir diese Verkäuferin auf Anhieb sympathisch war. Ich schätzte sie auf Anfang sechzig, also nicht mehr allzu weit von ihrer Rente entfernt. Sie war top gepflegt und hatte so ein offenes, freundliches Lächeln. Aber ich bin bei Verkäuferinnen immer etwas skeptisch. Oft werde ich das Gefühl nicht los, dass die mir etwas andrehen wollen, ohne sich wirklich dafür zu interessieren, ob es auch tatsächlich das Richtige für mich ist."

„Das geht mir genauso", bestätigte die optisch Ältere.

„Als ich die erste Mütze aufzog", erzählte die andere weiter, „und in den Spiegel blickte, sagte ich instinktiv den Kopf schüttelnd ‚Oh nein, steht mir gar nicht' und just in diesem Moment stand diese Verkäuferin hinter mir und gab mir Recht ‚Nein, so eine Mütze ist nichts für Ihr hübsches Gesicht. Sie brauchen etwas Frecheres'. Und dann hat sie mir diesen Hut in die Hand gedrückt. Tja, und das Ergebnis kennen Sie." Die jüngere strahlte übers ganze Gesicht und zog eine niegelnagelneue Baskenmütze aus einer der Einkaufstaschen. In Grau versteht sich.

„Wie, Sie haben noch eine Kopfbedeckung gekauft?" Die optisch Ältere lachte.

„Oh ja! Und oben drauf noch zwei Schals! Einen reduzierten Kaschmirschal, dreifarbig. Hier sehen Sie!"

Grauschwarzbraun. Ein wirklich toller Schal. Musste sogar ich zugeben.

„Und der hier", sie zog einen weiteren Schal aus der Einkaufstasche, „der hier passt hervorragend zu Jeans. Finden Sie nicht auch?"

„Wow, der ist fantastisch!" bewunderte die optisch Ältere den in verschieden Pastelltönen gehaltenen, eleganten Schal, der mir übrigens noch besser gefiel als der Grauschwarzbraune. Was aber mit Blick auf meine Garderobe, die zu achtzig Prozent aus Jeans bestand, nicht verwunderlich war.

„Da hat Sie die Verkäuferin wirklich super beraten", attestierte die optisch Ältere.

„Absolut! Das habe ich ihr auch gesagt. Sie hat sich mächtig über mein Lob gefreut und mir erklärt, dass ihr Verkaufen schon immer viel Spaß bereitet hat und sie deswegen auch immer noch zwei Tage die Woche freiwillig in diesem Kaufhaus arbeite. Die Aussage hat mich dann doch etwas irritiert, so dass ich die Verkäuferin spontan nach ihrem Alter gefragt habe. Und was glauben Sie, was sie mir geantwortet hat?"

Was soll sie schon auf eine solch unhöfliche Frage geantwortet haben? Frauen fragt man nicht nach ihrem Alter. Das ist unhöflich. Weiß doch jedes Kind.

„Dass sie achtundsiebzig ist! Achtundsiebzig Jahre alt! Mir ist schier mein neu gekaufter Hut weg geflogen, sag ich Ihnen, so fassungslos habe ich die Frau angeguckt. ‚Achtundsiebzig?!' habe ich gefragt, ‚Achtundsiebzig. Das kann ich nicht glauben. So jugendlich wie Sie aussehen, habe ich Sie auf maximal Anfang sechzig geschätzt!' habe ich ihr gesagt. Und sie hat sich richtig darüber gefreut. ‚Wissen Sie', hat sie zu mir gesagt, ‚Ich bin alleinstehend. Was soll ich zu Hause rum sitzen. Mein Beruf war und ist meine Berufung und hält mich jung! Alt wird man erst, wenn man sich zu Hause einigelt und nicht mehr unter die Leute geht'. Und da hat sie Recht, finden Sie nicht auch?"

***

gewinnst neue Eindrücke,

Was für ein ungleiches Paar! Alleine aufgrund ihrer optischen Erscheinung erregten sie Aufmerksamkeit:

Sie war etwa eins achtzig groß, dunkelhaarig mit noch dunkleren Augen. Ihr Alter war schwer zu schätzen. Sie hatte ein ebenmäßiges helles Gesicht mit tadellosem Teint. Sie konnte zwischen sechzehn und sechsundzwanzig sein. Älter war sie auf keinen Fall. Ihr Blick war ebenso düster wie ihre Kleidung. Sie trug einen langen, schwarzen Mantel, so dass ihre Figur komplett verhüllt war. Einzig beim Gehen kamen ihre schlanken, in triste Leggins gehüllten Beine für einen kurzen Moment zur Geltung. Die Eleganz ihrer Laufstelzen versiegte mit dem plumpen Auftritt ihrer schweren mit aufwendig verarbeitetem Metall bestückten Arbeitsstiefel. Öffnete sie hin und wieder die oberen Knöpfe ihres Mantels lugte ein pechschwarzes Shirt trist darunter hervor. Dass sie bei so viel nach außen zur Schau getragener Tristesse immer wieder mit ihrem Begleiter herzhaft ansteckend lachte, war beeindruckend und verwirrend zugleich! Offensichtlich steckte in dieser vermeintlich düsteren Verpackung ein doch recht fröhliches, lebenslustiges Mädchen.

Wie herzerfrischend anders war ihr Begleiter: Ein junger Mann, schätzungsweise um die zwanzig, maximal einen Meter sechzig klein, mit roten Locken, die sein Gesicht wie Rosen umrankten und unzähligen Sommersprossen, die ihm einen dauerhaft verschmitzten Ausdruck verliehen. Der Schalk saß ihm nicht nur im Nacken. Er trug ihn gerne zur Schau. Mit bunt karierten bis zu den Knien hoch gekrempelten Hosen, wild gestreiften Hemden, grell leuchtenden Jacken und Kniestrümpfen mit wahnwitzigen Motiven, wirkte er neben seiner dunklen Begleitung wie ein Paradiesvogel! Gekrönt wurde sein strahlendes Outfit durch eine Zwergenmütze, deren roter Zipfel seiner Begleitung gerade einmal bis an die Schultern reichte. Seine Füße steckten übrigens Sommers wie Winters in Sandaletten, die mit wenigen Riemchen zusammen gehalten wurden. Hoffentlich trat ihm seine Begleitung nicht einmal versehentlich mit ihren Wuchtstiefeln auf die Zehen. Den Schmerz wollte sich keiner vorstellen! Ob er der Grund für die Heiterkeit des finsteren Mädchens war?

***

hast was zu erzählen,

Ein merkwürdiger Duft kam heute aus dem Belüftungsgebläse in unserem Zugabteil. Es roch, als hätte jemand eine rege Verdauung und große Schwierigkeiten seine Winde aufzuhalten.

Kam das tatsächlich aus dem Belüftungsgebläse? Oder war es etwa der kleine Hund, der eine Reisende am Nachbartisch begleitete? Ich rümpfte die Nase. Der Geruch war penetrant. Wurde sogar immer penetranter. Oder bildete ich mir das alles nur ein? Meine drei Mitfahrerinnen schienen von diesem Geruch nichts zu bemerken. Oder ließen sie sich einfach nur nichts anmerken?

Also ich fand den Gestank ekelig! Es roch nach Hundekacke. Definitiv. Ich hatte selbst Hunde und wusste ganz genau, wie deren Kot stinken konnte! Ganz besonders nach Fleisch haltigen Mahlzeiten! Wenn unser Rüde in einem solchen Zustand völliger Sättigung einen Furz ließ, rannte er meist selbst vor selbigem davon! Und wir nur Sekunden später hinter her! Und jetzt roch es genauso! Ganz bestimmt war der kleine Hund der Übeltäter. Was für ein Glück, dass er gemeinsam mit seinem Frauchen an der nächsten Haltestelle ausstieg. Ich atmete tief durch, als die beiden das Abteil verließen. Aber der Gestank blieb.

„Hier riecht es komisch. Oder bilde ich mir das nur ein?" Meine Mitfahrerinnen nickten zustimmend. „Wir dachten, es wäre der kleine Hund. Stinkt nämlich eindeutig nach Hundescheiße", bestätigten sie meine Wahrnehmung. „Das dachte ich auch. Aber wieso geht der Geruch nicht weg? Jetzt, wo der Hund weg ist?"

Fragend blickten wir einander an. „Ist vielleicht eine von uns in die Kacke getreten?" Mein Blick wanderte unsicher in Richtung meiner Schuhe. Natürlich war eine von uns in einen großen, nicht wirklich festen, aber dafür die komplette Schuhsohle bedeckenden Hundekacker getreten. Raten Sie mal, wer die Glückliche war?!

***

vielleicht sogar zu schreiben,

'Na, bist du zu Hause festgefroren? Der Zug war heute nur fünf Minuten zu spät', klingelte meine Handynachricht.

'Nein', schrieb ich zurück, 'ich war gerade auf dem Weg zum Bahnhof und wirklich gut in der Zeit! Nach meiner Uhr hatte ich ganze acht Minuten bis unser Zug einrollen sollte. Und gerade als ich daran dachte, wie viel Zeit ich noch habe, sehe ich, wie der Zug im Bahnhof einfährt! Mist, denke ich bei mir, sonst ist der immer zu spät und ausgerechnet heute so früh!

Ich also meine Füße in die Hand genommen und los gerannt - so schnell ich konnte! Und tatsächlich habe ich mich in der allerletzten Sekunde mit einem Hechtsprung ins Zuginnere gerettet! Was war ich außer Puste, musste erst einmal meine Atmung wieder unter Kontrolle bringen, bevor ich mir einen Platz suchen konnte. War aber sowieso kein Platz mehr frei. War übervoll der Zug.

Da hör ich eine Frau ärgerlich sagen, dass sie es eine Zumutung findet, dass der Zug jeden Tag so spät sei. Recht hat sie, denke ich bei mir. Heute wäre der Zug sogar vierzig Minuten zu spät. Vierzig Minuten? Zu spät? Meine Gehirnzellen sausten zu einem neuen ein-hundert-Meter-Hürdenlauf Rekord: Wenn die-ser Zug, in dem ich jetzt war, vierzig Minuten zu spät war, konnte es unmöglich der Zug sein, mit dem ich sonst zur Arbeit fuhr! Wo also fuhr ich gerade hin?!

Ich die Dame gefragt, ob der Zug zu meinem Zielort fahre. Sie verneint. Erklärte mir, dass ich an der nächsten Haltestelle umsteigen müsse. Der Anschlusszug aber sicher schon weg sei.

Der fuhr aber glücklicherweise zur gleichen Zeit wie unser Zug ein, so dass ich nahtlos Anschluss hatte und statt wie sonst Viertel nach Acht am Bahnhof anzukommen, schon um Zwanzig vor Acht ankam!

Da sich mein Chef grundsätzlich aufregt, wenn jemand vor ihm im Büro ist - er kommt täglich nicht vor halb neun - habe ich die Gunst der Stunde genutzt und die Einkaufs-märkte am Bahnhof unsicher gemacht. Wie gut, dass die Geschäfte dort schon um halb acht in der Früh öffnen. Ich konnte in aller Ruhe nach diesem und jenem stöbern und bin natürlich fündig geworden. So hat sich die

Rennerei von heute früh für mich richtig gelohnt!

***

oder schüttelst nur den Kopf und bist froh, ...

Mein Bahnhof:

Hektik - vorbei ziehende Gesichter - Wortfetzen - rollende Koffer - rennende Menschen - Fragezeichen in den Gesichtern - stehende Rolltreppen - unendliche Treppenstufen - Augen, die in Handys versinken - Suchende und Findende - Ansagen - Verspätung - Verwirrung - Unterhaltung - Zeitungen - Bücher - Postkarten - Begegnungen - neue Freundschaften - Lachen.

*****

Überraschungs-Grußideen für Reisende

Haben Sie Lust Ihre Postkartenempfänger ein bisschen auf die Folter zu spannen? Sie neugierig auf Ihre Zeilen zu machen? Dann schreiben Sie nicht nur eine oder zwei, sondern mindestens drei Postkarten. Legen Sie diese nebeneinander und schreiben Sie in einem Fluss Ihre Sätze verteilt über die drei Karten, so dass jede Karte eine unvollständige Botschaft enthält und erst nach dem Erhalt der letzten Karte verrät, was Sie Ihren Lieben zu erzählen haben.

Natürlich sind weder der Anzahl der Karten noch Ihrer Schreibfantasie Grenzen gesetzt. Zum Schreiben können Sie die Postkarten so kreativ anordnen, wie Sie wollen. Stern- oder kreisförmig oder als Figur wie zum Beispiel ein Gesicht und vieles mehr.

Und Sie müssen die Karten auch nicht in einer bestimmten Reihenfolge schreiben: Sie können mit der letzten beginnen, auf die dritte springen, dann die vorletzte schreiben, die erste ergänzen, so wie es Ihnen gefällt. Probieren Sie es aus. So macht Postkartenschreiben richtig Spaß! Ganz zu schweigen von den überraschten Gesichtern der Empfänger ...

Im Übrigen, es spricht auch nichts dagegen, sich selbst mit Postkarten eine Freude zu machen!

*****

das Ziel erreicht zu haben!

*Ich bedanke mich bei allen Mitwir-
kenden und Mitreisenden und wün-
sche Ihnen noch einen schönen Tag!*

Über die Autorin:

Maria Andrea lebt mit ihrem Mann und ihren Tieren in der Pfälzer Rheinebene.

Mit „Denn unser Leben ist tierisch lustig" startete sie 2014 ihre heitere Kurzgeschichtenreihe. Es folgte 2016 „Fährste Zug, haste Spaß!"

Wenn sie nicht gerade Kurzgeschichten schreibt, widmet sich die Autorin ihren Romanen. 2008 erschien ihr Debütroman „Denn auch im Himmel will ich reiten", der 2013 in „Denn mein Leben hat vier Hufe" seine Fortsetzung fand.

Maria Andrea lebt ihre Geschichten und fühlt mit ihren Protagonisten als wären sie ihre engsten Freunde. So schafft sie es mit ihrem herzlichen, spannend interessanten Schreibstil ihre Leser mitzureißen.

Weitere Bücher der Autorin

Maria Andrea im Books on Demand Verlag

Denn auch im Himmel will ich reiten

232 Seiten, Euro 14,90 €

Als Andrea am frühen Morgen des 18. September ihre Pferde füttern geht, weiß sie noch nicht, welch schwere Entscheidung ihr heute bevorsteht. Ihre Stute Frilly, die ihr Mann ihr zu ihrer Hochzeit geschenkt hat, ist seit Jahren aufgrund einer schweren Operation unreitbar. Auch Frillys Tochter Cheyenne, die in Andreas Armen auf die Welt gekommen ist, ist seit wenigen Monaten sehr krank.

Den unausweichlichen Tod vor Augen erinnert sich Andrea an all die vielen gemeinsamen wunderschönen und schicksalhaften Erlebnisse, die sie mit ihren Pferden verbindet, um auch mutig den letzten Schritt gehen zu können.

Maria Andrea im Books on Demand Verlag

Denn mein Leben hat vier Hufe

232 Seiten, Euro 14,90 €

Heilig Abend. Besinnlich und familiär? Von wegen! Ausgerechnet an diesem für Andrea so wichtigen Tag im Jahr schlägt das Schicksal erneut erbarmungslos zu: Ihre junge Stute Lady erkrankt schwer. Andrea wird ungewollt auf eine Reise zu alten und längst vergessen geglaubten Wunden in ihrem Herzen geschickt und muss erkennen, wie stark das Schicksal ihrer Vierbeiner mit ihrem eigenen verbunden ist.

Aber nicht nur die Vierbeiner sorgen für Aufregung. Auch Andreas geliebte Oma wird überraschend zum Sorgenkind. Wird Andrea die neuen Herausforderungen ihres Lebens meistern?

Maria Andrea im Books on Demand Verlag

Denn unser Leben ist tierisch lustig

232 Seiten, Euro 9,90 €

Wer mit Tieren lebt, kennt keine Langeweile!

Überraschende Alltagserlebnisse wie Hasen, die plötzlich verschwinden; Hunde, die zu Katzen mutieren; Ausflüge, die vor einer Kamera enden bis hin zu Begegnungen mit nachtaktiven Untieren machen unser tierisches Miteinander phänomenal!

Kurze Geschichten - knackig erzählt! Zum Schmunzeln und mehr ...

Maria Andrea im Books on Demand Verlag

Fährste Zug, haste Spaß!

220 Seiten, Euro 9,90 €

Erfrischende Kurzgeschichten – amüsant und komisch zu gleich, erzählt aus den unterschiedlichsten Perspektiven Zugreisender und garniert mit kleinen kulinarischen Leckerbissen sorgen für spannende abwechslungsreiche Unterhaltung.

Mit dieser Lektüre können sogar Zugverspätungen zum Vergnügen werden!